이 책을 다 읽는 순간

당신의 마음은 名作이 될 것입니다.

드림

마음 명작

마음 명작

초판 1쇄 인쇄일 2016년 10월 11일
초판 1쇄 발행일 2016년 10월 17일

지은이 새빛 이제승
펴낸이 양옥매
디자인 이수지
교 정 조준경
캘리그라피 지미정

펴낸곳 도서출판 책과나무
출판등록 제2012-000376
주소 서울특별시 마포구 방울내로 79 이노빌딩 302호
대표전화 02.372.1537 **팩스** 02.372.1538
이메일 booknamu2007@naver.com
홈페이지 www.booknamu.com
ISBN 979-11-5776-263-7(03330)

이 도서의 국립중앙도서관 출판시도서목록(CIP)은 서지정보유통지원 시스템
홈페이지(http://seoji.nl.go.kr)와 국가자료공동목록시스템
(http://www.nl.go.kr/kolisnet)에서 이용하실 수 있습니다.
(CIP제어번호 : CIP2016023378)

Mind Masterpiece

새빛 이제승

책과나무

껍질 속에서 살고 있었네.
내 어린 영혼
껍질이 난지 내가 껍질인지도 모르고
껍질 속에서 울고 있었네.
내 슬픈 영혼
눈물이 난지 내가 눈물인지도 모르고
껍질 속에서 울고 있었네.
아픔이 난지 내가 아픔인지도 모르고

몇 년 전 지인들과 대학로에 갔었을 때 들었던 「하덕규 자유」라
는 노래이다. 인간의 환기적 열망을 자유라는 프리즘에 비장하
게 연결 지으려는 작사자의 심정이 신선해서였을까.
공감 자체를 넘어 눈물까지 짓게 만들었던 노래다.

나는 그동안 치유의 현장에서 마음이 마음 되지 못한 이들을
다양하게 만져 왔다. 그들로 인해 가슴 저리게 아파도 해 봤고
함께 울면서 밤을 꼬박 지새우기도 했었다. 세파로 물들인 차가
운 바람이든 온기 서린 바람이든 그 바람을 쐬는 누군가는 나다
움을 생산하며 희망적인 삶을 살아갔고 또한 어떤 이는 비교의

마음 명작

식 속에 자학하며 슬픔으로 함몰된 채 살아가고 있었다. 눈물이 난지 내가 눈물인지, 아픔이 난지 내가 아픔인지도 모른 채 고독 속에 헤매면서 말이다.

중요한 것은 바람의 형질이 아니라 타고나든 빚어지든 각자의 자아 인식에 따른 결과였음을 깨닫게 되었고 만지게 되었다. 그리고 수년에 걸쳐 위로심리학과 마음 치유의 심미(審美)를 건졌다. 그래서일까. 지금은 타인을 보면 어떤 사연의 바람으로 길들여지며 살아왔든 그들의 아린 자흔(疵痕)이 먼저 다가온다.

마음이 치유 코드를 찾아갈 때는 특별한 방식과 정해진 왕도가 없다. 체계화를 이룬 인과론적(因果論的) 방식으로 몰아가기에도 그 근접성에서 무리가 따른다.

마음 치유 사이클은
논리(論理)와 분석(分析)으로 갖다 대는 순간 정지하고 만다.

그야말로 각 개인마다 다양하고 변화무쌍한, 인간의 관념으로는 가늠하기 힘든 세계, 이것이 내가 바라본 내적 세계이다. 마음도 증상이 올라오면 약국에서 약을 사 먹고 병증을 다스릴 수 있다면 얼마나 좋겠는가. 하지만 내적 차원은 회복을 엮어 가는 방식부터 다르다. 각 개인의 특질로 조각화된 사연을 찾아가 일일이 만나 주고 달래 주면서 고유한 치유 코드(Mindhealing Code)를 읽어 내지 않으면 결코 한 개인의 심연(深淵)의 빗장은 열리지 않는다.

마음의 입구에는 본인도 알 수 없는 자물통이 채워져 있다. 그동안 분석심리학에서 행동주의심리학 그리고 인지심리학과 긍정심리학에 이르기까지 모두 이 자물통을 겨냥한 숨은 모략들이 위대할 만큼 경이로웠다. 꼭 획일화된 마스터키라도 던져줄듯 강렬한 차착(差錯)도 일으켰다. 모두 독특한 애착(愛着)이다.

그래서 마음은 항상 만지다 보면 시작하지 않은 것만 못한 것이 마음이고 치유코드(Mindhealing Code)를 찾지 못하고 우왕좌왕하는 순간 마음은 자태(姿態)를 감춰 버리고 만다.

그렇다. 치유(治癒)는 쉽지 않는 영역이다. 수려한 지식은 가공할 만한 위세로 형형색색 예쁜 컵까지는 빚어낼 수 있어도 그 컵에 담길 물의 레시피는 그 어디에도 없다. 이것이 지식과 살림(living)의 경계이다. 지식의 소임은 거기까지인 줄 모른다. 잘 정돈시키고 생존으로 방비되게 만드는 일 말이다. 그러나 살림의 영역은 자연에 가깝다. 언제든지 소생시켜준다.

자연(自然) 그 치유(治癒)의 품

나는 이 책을 집필하면서 깊은 고민에 빠졌다. 현장에서 추출하여 점철시킨 다양한 마음경로를 어떻게 하면 간결하게 문자로 녹일 것인가에 대한 고민이었다. 당초에는 '마음 치유의 꽃'이라

불리는 회복 사이클의 중요한 원리들을 모두 담고 싶었지만 개인적 욕심을 걷어내고 금번에는 내면의 걸작을 빚어내는 가장 기본적인 핵심만 정리해 보기로 맘을 먹었다.

마음을 관리하는 것은 집을 청소하고 정원을 관리하는 것과 같다. 며칠, 아니 한 달만 치우지 않고 방치해도 집안은 금세 난장판이 되고 정원은 몹쓸 풀들이 자라나 이것이 정원인지 풀밭인지 모를 정도로 변해 버린다. 우리의 내면에도 염려와 같은 무성한 잡초들을 제때 뽑아 주지 않으면 그 염려들은 상한 생각들로 변질되어 자아 인식의 감각을 잃게 만들어 끊임없이 현실 세계에 향방을 잃게 만든다.

마음이라는 밭은 언제든지 자아 통합을 이룰 때 자아 긍정과 행복이라는 열매를 맺게 해 주는 비토(肥土)가 되어 준다. 그렇지 않으면 금세 조급성과 불안감의 잡초들이 올라와 마음을 황폐하게 덮어 버린다. 유여함과 안정감 속에 건강하고 온기 서린 진액이 돌아 풍성하고 탐스런 자아 열매가 맺게 되는 것이 원리인데, 차가움과 분쟁의 속물들인 조급성과 불안이 주렁주렁 매달려 버린다는 것이다. 참으로 가슴 아픈 일이 아닐 수 없다.

이 책에서 다룬 내면의 층(Inner Side Level)으로 인한 마음 합성(Mind Synthetic) 작업은 인간 스스로의 의식의 질을 끌어올리는 상당히 중요한 작업의 도구가 될 것이다. 특히 나는 인간이 고통과 스트레스를 양산시키는 원인을 내면의 층을 토대로 세 가지로 추출해 보았는데 그것은 첫째 " 내가 나로 살지 못하는 못난 자아"
였고, 둘째 " 바꿀 수 없는 사연을 평생 바꾼다고 붙들고 살고 있
는 원가족(Orignal Family)의 사연", 셋째 " 내 마음을 흔드는 강력한
뿌리 · 상처"였다.

마음 백신

인간은 그동안 이 세 가지로 인해 마음이 아파왔고 지금도 고
통스럽게 스스로의 삶을 절망이란 수렁 속으로 빠뜨려 가며 살아
가고 있다. 나는 이 세 가지의 공통된 핵심만 해결하면 획일화된
공통 치유 방식을 제시할 수 있겠다는 자신감을 품게 되었고, 내
적 재료를 합성하는 방식을 통하여 마음 백신까지도 프로그램화
할 수 있겠다는 확신까지 갖게 되었다.

어떤 분야를 제어(Control)하려 해도 반드시 전체적 기능과 윤곽
을 가늠해야 한다. 마음도 스스로 관리하려면 의식과 무의식을
넘나드는 무한한 심적(心的) 장광, 즉, 내적 윤곽을 폭넓게 볼 줄
알아야 한다. 국부적 감각만을 품고서는 결코 이룰 수 없는 것이
마음의 영역이라는 것이다. 이러한 작업을 일궈 내게 만드는 기
능이 바로 통찰(Insight)이다.

그래서 이 책은 통찰(Insight)을 토대로 마음을 여섯 번 빚어낸
다. 흔들리고 아파하는 마음을 자아 인식, 마음 합성을 토대로
빚어내고, 가족은 더 이상 아픔이 아님을 원가족 사연 분리로 한

번 더 빚어내어 알게 하고, 내 마음을 병들게 하는 독, 상처를 치유하고 양육하기 위해 치유 훈련으로 최종 빚어내어 마음걸작을 완성한다.

주는 우리의 아버지시니이다.
우리는 진흙이요.
주는 토기장이시니
우리는 다 주의 손으로
지으신 것이라
– 사 64장 8절

어떤 계기에서 이 책을 접하셨든 놓지 말고 끝까지 정독해 주길 바란다. 내면의 자아(自我)를 좀 더 실망스럽지 않게 만나길 원하고 삶의 방향이 분명한 통합적인 삶을 이뤄 내기를 소망하는 이들에게 소박한 용기를 부어 줄 것이다. 하루하루 알기 힘든 내적 아픔 속에 시달리는 이들에게도 위로와 치유를 선물할 것이다. 그리고 스스로를 찾고 행복을 갈구하는 모든 이에게 향방 있는 지표와 새 빛을 안겨 줄 것이라 굳게 믿어 본다.

마음치유연구가
새빛 이제승

추천사 1)

송하성 박사

경기대학교 교수 / 경영대학원 원장 「송가네 공부법」저자

세상에서 지켜야 할 것들이 많습니다. 그중에서 솔로몬은 "무릇 지킬 만한 것보다 더욱 네 마음을 지키라. 생명의 근원이 이에서 남이니라." 라고 말합니다. 일체유심조(一切唯心造)라는 〈화엄경〉의 핵심사상을 이루는 이말도 "세상사 모든 일은 마음먹기에 달려 있다." 고 말하고 있습니다. 영국의 수상 윈스턴 처칠도 "Success is never final. failure is never fatal. it is courage that counts." "성공은 절대 끝이 아니고 실패는 절대 치명적이지 않다. 중요한 것은 용기이다." 라고 말했는데 여기서 말하는 용기도 결국 좋은 마음의 밭에서 나오는 것입니다. 마음을 지키고 치유하는 일이 곧 마음밭을 일궈내는 작업입니다.

이제승 교수는 나의 행복사역의 동지요, 이시대 가장 따뜻한 마음치유사입니다. 그의 강의는 많은 학생들에게 큰 울림이 되었고 지금도 되고 있습니다. 무엇보다 세상에서 단 하나뿐인 마음치유서를 출간하게 된 것을 진심으로 축하드리고 이 책을 통하여 수많은 이들의 마음밭이 새롭게 일궈지기를 기도합니다.

마음 명작

시이나 유이치 박사
일본실천심리학연구소

이시대는 치열한 경쟁 사회입니다. 일본 국민들도 경쟁의 대열에서 모두 힘들어하고 고통받고 있습니다. 이 대열에서 조금이라도 뒤쳐지게 되면 실패자라 낙인하며 몰아가는 비극적이 일들이 주변에서 일어나고 있습니다. 심리학자의 한사람으로써 이러한 경쟁사회의 참극을 보면 마음이 아픕니다. 그러나 이런 시대에 이제승 교수님의 따뜻한 위로와 치유의 메시지는 일본과 한국을 뛰어넘어 고통에 처한 국민들에게 정서적으로 중요한 깨달음을 이끌어 낼수 있을 것이라 생각합니다.

추천사 3)

유용린 박사

시스템 심리학자 / 로버트보쉬코리아 전략기획실

언제부터인지, 무엇 때문이었는지, 여기저기 상처 입은 우리들의 아픈 마음들이 아우성을 칩니다. 이 책은 이런 시대에 아픈 마음을 섬세하게 치유해 가며 닫힌 마음의 문들을 하나하나 열어가는 마음치유의 마스터 키와 같습니다.

마치 혼을 불어 넣어 세상에 하나밖에 없는 명품 도자기를 구워내듯 장인의 숨결이 느껴지는 마음치유연구가의 내공이 살아있는 책입니다.

아픈 사연을 품고 언제든지 힘들어하는 이들이나 스스로의 마음을 어루만져주면서 언제라도 성숙한 내면을 추구하여 진정한 자아를 위해 살아가는 이들이라면 꼭 한번은 읽어야 할 마음치유 명작입니다.

마음 명작

추천사 4)

전경숙 박사

상담학, 명상학, 뇌과학 전문가 / 한국뇌과학코칭협회장

마음명작은 그 지향점에서 사뭇 다른 함의를 품고 있습니다.

마음과학 시스템을 통한 심층심리와 표면의식을 씨줄과 날줄로 잘 짜낸 심리과학서라 볼 수 있습니다. 한 개인의 상처와 아픔으로 인한 내가 아닌 삶의 주도권에서 주체적인 삶의 선택을 과감없이 할 수 있도록 용기를 부여해 주고 보이지 않는 것들의 소중함과 알아차림, 그리고 따뜻한 돌봄의 스킬까지 마음치유서로서의 온전함의 맥락을 잘 긋고 있습니다. 앞으로 이책은 기적같은 우리의 존재 이유를 소중하게 더듬어갈 수 있게 만들어 주고 자기균형과 무의식에 저장된 정보와 타고난 고유성이 조화롭게 성장시켜 주는 상담지침서로 소중하게 적용될 것입니다.

마음명작

Table of Contents

1

/

빚음 하나

내가 나로 살게 못하는 자아

/

마음이 건강하다는 것은
내가 나로 살고 있다는 것이고
내 자아 인식이 보이지 않는 곳에서
보이는 것을 향하여 살아가고
있다는 증거입니다.

문제는 늘 변해 가는 현상이 아니라
내 마음속에 시대적 조류에 휩쓸리지 않고
묵묵히 키를 잡고
항해하는 지혜로운 선장이
없다는 것이지요.

명작(名作)과 졸작(拙作)

　가슴 시리도록 감동스런 삶의 조각들을 악상으로 승화시켜 또렷한 하나의 음악적 어구로 형성하여 나열하면, 그야말로 아름다운 곡조(曲調)로 태어난다.

　　내면의 재료들로 구성된
　　멋진 오선지에 현상이라는 음정과 대상이라는 박자가
　　서로 연합하면서 행복(幸福)이라는
　　앙상블, 마음 곡조(曲調)를 자아낸다.

　합창을 해 보신 분들은 알 것이다. 파트별 선율로 합해진 곡들은 막상 개별적으로 분리해서 들어 보면 단조로워 무슨 곡인지 가늠하기 힘들지만, 합창으로 포개 보면 전율을 느낄 정도로 아름다운 어울림으로 다가온다.

　자연도 마찬가지이다. 어울림의 조합이다. 일출이든 일몰이든 그 광경을 바라보고 있노라면 왠지 심장이 함께 타들어갈 것 같고 숨이 멎을 정도로 온 감각이 매료된다. 이렇게 아름다운 광경은 모두 대기층에 태양빛이 투과되어 굴절되면서 우리 눈앞에 펼쳐지는 합성의 결과체이다. 모두 신비한 예술 작품들이 아닐 수 없다.

그래, 이것이 예술일 것이다. 형질(形質)을 뛰어넘는 놀라운 조합. 인간의 지각으론 가늠하기 힘든 간결하고 참신한 합성 말이다.

그렇게 창세 이후로 갈려졌으리라. 경지(境地)의 반열에 서느냐 못 서느냐에 의해 명작과 졸작으로 말이다.

당신의 마음도 명작(名作)이 되어야 한다. 심장이 타들어갈 것 같고 숨이 멎을 정도로 온 사지의 감각을 매료시켜 버리는 내면의 걸작 말이다.

지금까지 만져 왔던 자아 인식을 잠시 내려놓고 빈 마음으로 한 획 한 획 수놓인 마음 글자를 한 장씩 넘겨보자. 생존의 땀내와 성숙의 갈망으로 버무려진 당신의 손끝으로 말이다.

이 책을 다 읽는 순간 당신의 내면에 새로운 인식(認識)의 창이 열릴 것이다. 그 창을 통하여 당신의 자아(自我)는 보기 좋게 강화되어 살아갈 것이고, 세상 누구도 형용키 힘든 멋진 내면을 품게 될 것이다.

그렇게 빚어진 내면의 결을 일컬어
'명작(名作)'이라 부를 것이다.

보이지 않는 곳에서 보이는 것으로

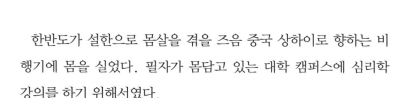

　한반도가 설한으로 몸살을 겪을 즈음 중국 상하이로 향하는 비행기에 몸을 실었다. 필자가 몸담고 있는 대학 캠퍼스에 심리학 강의를 하기 위해서였다.

　현지에 도착하여 2~3일차 수업을 진행하는데, 몸이 불편한 어느 여학생이 계속 눈에 들어왔다. 나중에 알게 된 이름이지만 '빙빙'이라는 학생이었다. 빙빙은 병원에서도 원인을 모르는 희귀병을 앓고 있었다. 5년 전부터 앞이 서서히 안 보이기 시작하더니 지금은 형상만 가늠할 뿐 보이지가 않는다는 것이다. 어릴 적 도박중독에 빠진 어머니 아래서 제대로 된 보호와 양육을 못 받고 자라다 보니 심각한 영양실조를 겪으면서 지금의 질병을 얻었다고 했다.

　그 소리를 듣는 순간, 나는 가슴이 먹먹했다. 그리고 그녀에게 말을 건넸다.

　"많이 답답하고 힘들었겠구나."

　그러자 그는 너무나 안정된 목소리로 내게 말했다.

마음 명작

"괜찮아요, 교수님!
지금 세상이 잘 안 보여 불편하지만
제 마음은 그렇게 힘들지 않아요."

그 말을 듣는 순간 정신이 바짝 들었다. 선천적으로 아예 안 보였다면 이해할 수 있겠지만, 세상을 잘 보고 살다가 눈앞의 형상들이 점점 꺼져 가고 어두움의 그림자가 드리울 때 상상하기 힘든 공포와 두려움을 겪는다고 들었는데 지금의 현실에서 도저히 할 수 있는 말이 아니었다.

지금처럼 잘 이겨 내면서 살아가라는 마음에서 난 그녀를 향해 이렇게 당부했다.

"내적인 힘을 더 많이 길러야 한다.
지나치게 타인과 환경에 의지하는 순간, 마음은 약해지고 말지.
그러나 자아 인식이 지금보다 더욱 강화된다면
어떠한 환경이 닥쳐도 더 큰 힘을 발휘하게 될 거야.
신은 우리에게 가장 멋진 선물을 하나씩 주셨는데
그것이 바로 결핍이란다. 왜 선물이라 일컫는지 생각해 보렴.
날마다 네 자아를 향해 양육하고 위로하고 돌보면서 살아야 해.
알았지?"

내 말이 끝나자마자 빙빙은 갑자기 울음을 터트렸다. 한참을 소리 내어 울고 또 울었다. 지켜본 학생들도 울었고, 나 또한 울었다. 그렇게 상하이의 밤은 지나고 있었다.

치유와 행복은 단순하게 형성되어 돌아간 듯하지만 결코 그렇지 않다. 인간이 가늠하기 힘든 경로에서 언제나 흐르고 있다.

보이지 않는 곳에서 시작하여
보이는 세계로 고요히 흐르고 있다.

삼라만상의 안정감을 부여하는 생명력 역시 이 경로를 통하여 흘러왔고 앞으로도 흘러갈 것이다.

그동안 나는 마음이 아픈 이들을 치유해 오면서 한 가지 알게 된 사실이 있다. 그것은 아픔을 호소하는 사람들 대부분이 보이는 것과 보이지 않는 것에 대해 무지(無知)하다는 것이다.

마음의 고통은 대부분 보이는 현상에서 만들어져 보이지 않는 곳으로 타고 들어오기 때문에 생존의 방비를 굳건히 구축하지 못하면 그 아픔이 우리 몸의 수로를 타고 그대로 장기로 흘러 들어온다. 잠을 자려 해도 눈을 뜬 채로 자는 것이 편할 정도로 잠을 제대로 이루지 못하고, 주변 사람마다 통제하고 조정하기 시작한다. 그리고 제대로 된 이성을 분별하여 건강하게 교제할 여유도 주지 않고 판단하고 집착하게 만들어 버린다.

급기야 피해의식과 불신이 가득한 상태로 세상과 단절하고 심지어 밖에도 못 나가도록 발을 묶고 입을 침묵으로 봉해 버린다.

마음 명작

그리고 스스로 '문제아'라는 꼬리표까지 붙여 버린다. 이것이 '내적 아픔'이라는 뿌리다.

우리의 마음은 이러한 아픔에 사로잡히게 되면 고통을 분리하기보다는 현상에 더욱 시달리면서 살아 숨쉬기도 아까운 시간들을 허비하며 살아가야 한다. 정말 멀쩡한 척하며 말이다.

인간은 언제든지 내적 치유 경로를 인식하지 못하면 어느 때 터질지 모르는 폭탄을 품고 사는 것처럼 일시적인 회피나 억압을 사용하면서 살아야 한다. 더 이상 아픈 내면을 안아 줄 수도 없고 수려하게 형성된 생존의 가면을 용기 있게 구별할 힘도 없는 채로 말이다. 그러나 자아가 치유 경로를 따라 내적인 힘을 형성하면, 두려움도 분노도 수치심도 불안도 절망도 모두 만날 수 있게 된다.

그 만남이 바로 치유이다.

그렇다. 기꺼이 만나 줘야 한다. 더욱 멋진 내면으로 빚어지려면 반드시 아픈 사연들과 만나야 한다. 보이지 않는 곳에 숨어 있는 그들과 일일이 만나고 달래 줘야 한다. 더 이상 죽음의 잠을 자지 않도록 잘 꺼내어 달래 주면서 단잠이라도 재워 줘야 하고 누렇게 곪아 있는 아픈 사연의 고름들을 '호호' 불어 가며 아프지 않게 짜 줘야 한다.

그리고 형체도 알 수 없이 내 가슴을 찌르고 있는 피해의식의 작은 가시들도 분리해서 통증 없이 빼 줘야 한다. 낮밤을 가리지 않고 찾아와 말을 걸어오는 가슴 저민 사연들도 함께 울어 주면서 "잘 가!"라고 착한 이별도 해 줘야 한다. 이러한 과정 모두가 마음 치유이다.

　우리의 자아(自我)는 언제든지 치유 경로를 인식하고 강화되면서 이런 내면의 아픈 사연들을 분리하면서 살아왔다.
　다만 지각(知覺)이 없어 느끼지 못하였을 뿐이다.

　인간은 본래 존재에 대한 드러냄(Open)과 상처에 대한 돌봐 줌(Care)으로 늘 목말라 한다. 이 말은 나의 존재성을 사실로 봐 주는 사람이 나타나기 전까지는 살아가는 의미를 상실한 채 방황하고, 내 말을 이해하는 사람이 나타나기 전까지는 허기진 마음을 채울 길 없어 이곳저곳 쏟아낼 대상을 찾아다닌다는 뜻이다. 그리고 언제든지 진실된 사랑에 목을 매면서도 거짓 없고 순수한 사랑이 찾아와도 품을 만한 넉넉한 마음의 그릇을 준비하기는커녕 들어오는 길목마다 의심과 왜곡으로 물든 방어(Defense)의 철망을 쳐 버린다.
　이러한 인간의 허기적인 배경에는 다양한 원인이 있겠지만 유아기에 부모님과 그 주변 인물에 대하여 형성된 유대적인 감정들, 즉 존 볼비(John Bowlby)가 강조했던 '애착'이 상당히 많은 부분을 차지한다. 과거 그 인물들에게 품었던 감정들을 부활시켜 나가면서 반드시 그때 형성된 이율배반적인 심리들을 조심스럽게 드

마음 명작

러내어 다룰 필요가 있는데, 이 부분을 프로이트(G, Freud)는 '전이 치료'로 시행했고 마음 치유에서는 필자가 연구한 '사연 돌봄'과 '사연 독립'의 훈련으로 시행하고 있다.

　갈증이 난다고 아무 물이라도 먹어서야 되겠는가? 그러나 그것은 보이기 때문에 분별하여 마실 수 있겠지만, 보이지 않은 마음에서는 결코 쉬운 일이 아니다. 껍데기는 언제든지 멀쩡한 채로 둔갑이 가능하기 때문이다. 이것이 '가면(Persona)'으로 길들여진 생존의 압력이다. 이 압력에 의해 자아는 눈이 멀게 되고 보이지 않는 고요함에도 머무를 수가 없으며 내적 평안도 생산할 수 없게 된다.

　인정해야 한다. 아프면 아프다고, 슬프면 슬프다고 말이다.
　그러나 문제는 아프면 아프다고 너무 몸부림을 쳐서 문제이고,
　아픈데 너무 꽁꽁 싸매서 문제이다.

　마음 치유는 특정한 대상자들만 하는 특질의 치료법이 아니다. 하루만 집에 청소를 안 해도, 하루만 세수를 안 하고 머리를 감지 않아도 불편해서 견디지 못하는 것처럼 마음도 수시로 관리해 줘야 안정감과 행복감을 누릴 수 있다. 그렇게 되어야 자아 인식이 바뀌면서 무뎌진 감각이 살아난다.

　인간의 자아 인식은 무뎌진 감각 사이로 날마다 생존의 압력을 확장시키며 형성되어 왔다. 그 대표적인 배경이 내가 나로 살지

못하면서 제대로 산다고 몸부림치는 현상들이었고, 허무하게 돌변해 버린 자존심이었다.

생존의 압력은 자아 인식의 감각을 흐리게 하여 내적 수로를 보이는 것에서 보이지 않는 곳으로 흐르게 바꾼다. 그래서 훨씬 더 깊은 고통에 이르게 한다. 중국 상하이의 '빙빙'이라는 제자가 몸소 보여 준 사실이었다. 뿌리 깊게 박혀 있는 내적인 환한 빛이 흘러 캄캄하고 답답한 현실을 기꺼이 밝히면서 누구도 형용키 힘든 자아 고백을 할 수 있었던 것이다.

반대로 캄캄한 고통의 현실들이 여과 없이 내면으로 흘러 들어갔다면 결코 자아긍정의 환한 빛은 비추지 못했을 뿐더러 인식의 창살 없는 감옥 속에서 세상 밖으로도 나오지 못했을 것이다. 이처럼 보이지 않는 내적 힘이 강화되면 눈앞에 보이는 것들은 다소 불편하고 부족해도 기꺼이 적응할 수 있고, 현실 그 이상의 기적을 일궈 내고 만다.

행복과 만족은 언제나 보이지 않는 곳에서 흘러 보이는 현상으로 퍼져 나간다. 그러나 내적 수로가 바뀌면 언제나 행복과 만족은 보이는 것에서 찾아다니며 살아가야 한다.

많은 이들이 이러한 순서가 뒤바뀐 채
보이는 것에서 행복을 찾고 꿈을 꾸며
그 꿈을 이루기 위해 몸부림치며 살고 있다.
그래서 그들은 오늘도 보이는 것에 실망하고

마음 명작

보이는 것에 아파하며 보이는 것에 낙심한 채로 하루를 보낸다.

마음이 건강하다는 것은 내가 나로 살고 있다는 것이고 내 자아
인식이 보이지 않는 곳에서 보이는 것을 향하여 살아가고 있다는
증거이다. 우리 주변에 중요하게 다뤄지는 모든 생명은 보이지 않
는 곳에서 소리 없이 태동하고 있다. 그래서 보이지 않는 세계는
보이는 형상화로 담기엔 사이즈가 너무 큰 것이다.

자아 인식이 깊을수록 울림이 다르다

눈으로 세상을 보지 마라! 그럼 장님이라도 되라는 소린가? 이 말은 눈앞에 보인다고 다 믿지 말라는 뜻이다.

인간은 눈, 귀, 코, 입, 피부의 감각을 통하여 무언가 느끼며 살아간다. 그런데 이러한 오감도 현상으로 인지되는 자각 외엔 본질적인 접근이 제한적이어서 이 정보만을 믿고 어떤 일을 판단하기엔 무리가 따른다. 언제든지 인간의 뇌는 착시를 만들어 내기 때문에 눈으로 수집된 정보들을 액면 그대로 받아들이면서 살아갈 때 그만큼 인식의 오류에 쉽게 노출될 수 있다.

우리가 보이는 현상 속에는 곳곳마다 숨어 있는 덫이 있기 때문에 이 덫에 빠지지 않으려면 건강한 마음의 창을 통해서 세상을 보고 만지는 훈련이 되어야 한다. 이것이 바로 '자아 인식의 눈'이다. 성찰(Insight)을 통한 내면화의 통섭을 이루었을 때 뜰 수 있는 눈이다.

나는 이 책을 집필하면서 매일 흔들리고 아파하는 이들을 위한 위로서나 공감서가 아닌 현상을 초월한 폭넓은 마음의 창을 형성

마음 명작

시켜 세상의 이치와 본질을 이해시키기 위함이 간절했다. 다시 말해, 바람을 피하는 기술보다는 바람이든 파도든 그 속에서 서핑보드를 즐길 수 있는 '내적 힘'에 초점을 두었다. 내가 바라본 건강한 마음은 내적 힘에 의해 분명 달라졌고, 그 힘의 뼈대로 견고하게 유지 · 진화되었기 때문이다.

프랑스 남부 론 알프스 지방에는 레만 호숫가 옆에 '에비앙'이라는 신비의 치유 샘물이 있다. 1790년에 프랑스의 레쎄르 후작이 이곳의 샘물(에비앙물)을 매일 마셨는데, 몇 개월이 지나자 자신의 신장결석이 거짓말처럼 치료되면서 세상에 알려지기 시작했다.

그 이후 이곳은 전 세계에서 질병으로 고통받는 이들이 찾아와 인산인해를 이루고 있는데, 일반적으로 석회질이 함유돼 있는 유럽 지역의 물과는 달리 에비앙 샘물에는 분명 차원이 다른 무언가가 들어 있었다. 그 물은 바로 알프스 산맥에 내린 눈과 비가 오랜 세월 암반층을 뚫고 내려갔다가 다시 자연 필터층을 통과해 걸러진 후 지표로 솟아나온다. 그래서 그 물에는 몸을 치유하는 온갖 무기질과 영양 성분이 섞여 있는 것으로 알려져 있다.

우리 내면의 자아 인식과 내적 힘도 에비앙의 치유 샘물처럼 깊이 있는 성찰의 과정과 정비례한다. 자아 인식이 깊다는 것은 그만큼 나를 흔들고 아프게 하는 많은 증상들을 다루고 치유할 수 있는 근본적인 힘이 있다는 것이다.

자아 인식이 넓어질수록 우리는 쉽게 현상 앞에 호들갑을 떨지 않지만, 자아 인식이 작아질수록 환경으로부터 쉽게 흔들리고 쉽게 착색된다. 가장 먼저 영향을 받게 되는 것이 타인과 환경이다. 주변에 존재하는 모든 것들이 나를 힘들게 하는 원인처럼 보이기 시작하고 상처도 아주 자주 받게 된다.

그런데 점점 자아 인식이 확장되면 내가 낙심하고 좌절하는 것이 남 때문이 아니라 내 속에 사랑이 없기 때문임을 알게 된다. 사랑을 형성시키지 못한 원인들을 하나둘 보게 되고 이것으로 인해 그동안 내가 주변과 현상을 왜곡하여 받아들였음을 알아차리게 된다. 이것이 내면화를 통한 성찰의 결과이다.

이렇게 되면 자아는 내적 힘을 품고 아픈 사연들 하나하나 위로하고 돌볼 힘이 생겨나고, 주변에서 일어난 사건과 타인의 행동 하나하나를 바라보는 인식이 달라진다. 더욱 긍정적이고 자율적인 성취감이 형성되고 현상을 보고도 조급하지 않고 재빨리 본질을 찾아가는 유여함까지 품을 수 있다. 그리고 위기와 갈등을 만나도 잠시 흔들릴 뿐 내면은 금세 평정을 찾을 수 있다.

스트레스에 취약한 어느 제자가 스승에게 찾아가 하소연했다.

"스승님, 요즘 너무 괴롭습니다. 스트레스에 취약해져서 살기가 너무 힘듭니다."

그러자 스승은 제자에게 소금 한 숟가락을 가져와 작은 물컵에 섞으라고 했다. 그리고 그 물을 마시라고 했다.

"맛이 어떠냐?"

"네, 짭니다."

스승은 제자를 호수로 데리고 가서 이번에는 소금 한 숟가락을 호수에 넣고 저으라고 했다. 그리고 물 한 컵을 떠서 마시라고 했다.

"맛이 어떠냐?"

"시원합니다."

"바로 이 소금 한 숟가락이 너를 괴롭히는 고통이니라. 네가 이 고통을 종지기도 못한 그릇에 담을지 드넓은 호수에 담을지는 네 자신에 달렸느니라."

인간은 충분히 자아 인식을 통하여 내면의 힘을 길러내면 하루 하루 자율성과 안정감을 느끼면서 살아갈 수 있다. 파도를 결코 보지 않고 바람을 읽어 내면서 언제든지 현상 앞에 위축되지 않고 내 속의 자아를 당당하게 세우면서 말이다. 그러나 자아 인식을 충분히 넓혀 가지 못하는 이유는 평상시 내적 감각을 품지 못한 습관 때문이라 볼 수 있다.

심리학 이론 중 '가역성의 법칙'이라는 것이 있다. 인간은 감정 에 따라 행동이 바뀌는 것이 일반적이지만, 그와 반대로 행동에 따라 감정이 바뀌기도 한다는 이론이다. 어떤 일에 대해 긍정적으로 행동하면 긍정적인 감정이 생기고, 부정적으로 행동하면 부정적인 감정이 생기는 원리이다.

흔히 기분이 좋지 않아도 웃다 보면 행복감이 느껴지고 마음 내키지 않는 일이라 할지라도 의욕적인 태도로 열심히 하다 보면 어느 순간 마음속에서 열정이 솟아나 좋은 결과를 얻을 수 있다는 것이다. 긍정심리학, 웃음치료학도 이런 원리를 토대로 형성된 학문이라 할 수 있다.

꿈을 위해 생생히 그려 내고 성공한 사람처럼 행동하고 말하라! 멋진 말이다. 어떻게든 행복과 성공을 거머쥐고 싶은 것은 인간의 본질적 마음이 아닐까? 가역성을 뒤엎고 싶지는 않다. 그러나 가역성을 따르기 이전에 자아 인식을 넓혀 가는, 즉 마음 성찰의 과정을 권유하고 싶다. 화려한 꿈의 목표를 붙잡고 진보해 나가는 것도 좋지만, 자아가 소극화되고 상처로 아픔으로 얼룩진 뿌리를 품은 채 행복의 열매를 바란다는 것은 허상에 불과하다.

또한 남을 통제하고픈 기대감과 욕구의 악성 쓰레기들이 가득한 상태에서는 결단코 평안과 안정감을 찾을 수 없다. 건강한 내면을 가진 사람들일수록 현상에 떠밀려 어떤 것을 쉽게 구하거나 바라지 않으며 요행보다는 과정을 중히 여기면서 안정감과 성취감을 만들어 내기 때문이다.

깊이 있는 성찰을 통해 우리는 반드시 자아 인식의 눈을 떠야 한다. 그렇게 되어야 세상의 본질과 마음 바닥에 가라앉은 상처들이 보이기 시작한다. 그러한 내면화의 작업이 끝나고 꿈을 그려 내도 결코 늦지 않다. 그렇게 그려 낸 자아는 반드시 창공을 향해

마음 명작

비상할 것이고, 언제든지 흔들려도 꺾이지 않는 뿌리 깊은 나무가 될 것이다.

잊지 말아야 할 것이 있다. 자아가 상실된 채 성공을 향해 꿈을 그려 가는 것은 모래 위에 집을 짓는 헛수고요, 설계도 없이 건축하는 어리석은 행동임을 말이다.

물론 쉬운 길이 아님을 안다. 자아 인식의 창을 열어 내면의 걸작을 빚어내는 작업 말이다. 그러나 반드시 빚어내야 한다. 그렇게 빚은 의식들이 모여 당신의 미래를 바꿀 테니 말이다.

인간의 마음은 어제도 오늘도 늘 진화하고 있고
성숙으로 달려가기 위해 매일 몸부림치며 아파하고 있다.
다만 눈이 있어도 보지 못하는 무지한 자아가 안타까울 뿐이다.

생각을 재단하라

우리의 마음에는 많은 생각들이 떠다니고 있다. 과거의 편린부터 순간순간 다루는 사건들까지 모두 합치면, 아마 웬만한 의식의 하드용량으로도 감당하기 힘들 것이다.

내가 사용하는 스마트폰 어플 중에 '클린 마스터'가 있다. 신속하게 핸드폰의 저장 공간을 확보하고 내재된 어플들을 관리해 준다. 안티바이러스 기능까지 있어서 필요 없는 악성코드를 찾아내고 지워 주면서 효율적으로 스마트폰을 사용할 수 있도록 도와준다.

인간의 의식에도 이러한 클린 마스터 기능이 있어서 손쉽게 생각을 재단하고 분류할 수 있다면 얼마나 좋을까? 아마 내적 행복감에 커다란 도움이 될 것이다. 인간의 의식 창고에는 상당 부분 '염려'가 많이 들어 있는데, 이러한 상한 생각들을 제대로 분류하지 못하면 고통과 스트레스로 이어진다.

그러나 우리의 자아가 감각을 가지고 상한 생각들을 잘 조각하면서 살아간다면 마음은 언제든 안정을 찾을 수 있다. 또한 삶의

마음 명작

방향까지도 완전히 갈리게 한다. 남들이 악조건이라고 말하는 현상들을 일생일대의 기회로 삼기도 하고, 실패라는 바람에 흔들려도 좌절하지 않고 언제든 희망을 품고 다시 일어날 수 있다. 이것이 바로 생각의 재단으로 얻어진 '긍정화 의식'이다. 온갖 염려와 불안과 상실의 기억들을 잘 오려 내어 내면의 본래 상태를 유지시켜 주는 작업이다.

난 가끔 냉장고 문을 오랫동안 열고 있을 때가 있다. 무얼 꺼내 먹을까 생각하고 여는 것이 아니라, 일단 열어 놓고 무얼 먹을까 생각하기 때문이다. 그래서 아내의 눈총도 간혹 받곤 하는데 우리의 의식도 이와 마찬가지다. 하루를 살면서 제대로 꺼내 먹지도 못하면서 냉장고 문만 열어 놓고 그저 바라보는 이들이 많다. 즉, 작은 것 하나 결정하고 결단하지 못하는 것이다.

우리의 자아는 작은 생각 하나부터 분류하고 정리해 나갈 때 성취감이 형성되는데, 작은 결단이 쌓여 큰 규모의 우월적 동기화를 이루고 자아 긍정의 원료가 된다. 이 원료는 언제든지 자아를 존중받게 만들어 주고 당당하게 만들어 준다. 더욱이 내적 힘이 마르지 않는 상태로 유지시켜 주는 기능까지 수행해 낸다. 생각을 재단해야 하는 결정적인 이유가 바로 여기에 있다.

생각이라는 메커니즘은 인간만이 누리는 엄청난 축복이다. 예전엔 사는 대로 생각했다면, 지금은 철저하게 생각하며 행동하는 시대로 접어들었다. 생각을 조각하여 긍정의 결과를 만들어 내려는 시도 덕분이다.

심리학자 앨버트 엘리스(Albert Ellis)의 정서행동 치료 중 A·B·C 이론이 있다. 눈앞에 보이는 사건은 그 현상과 상관없이 합리적·비합리적인 신념에 따라 정서 반응의 결과가 완전히 바뀌게 된다는 이론이다.

A.B.C란 정서적 고통을 유발할 수 있는 사건(Adversity)을
바라보는 신념(Beliefs)으로 인해
결과(Consequence)과 달라진다는 것을 의미한다.

물론 반박의 여지가 있겠지만, 여하튼 신념은 현상을 어떻게 바라보느냐에 따라 다른 결과를 가져다주는 원인체라 할 수 있다.

사람도 시간이 흐르면 결과를 변화시킨다. 용서하지 못한 일도 용서하게 되고 이해 못한 행동도 나이가 들어가면서 이해된다. 나이를 먹어 감에 따라 현상보단 감춰진 사연을 이해하게 되는 자아 인식의 결과이다. 그런데 아무리 시간이 흘러도 용서가 아닌 증오와 미움이 꺼지지 않는 사람이 있다. 왜 그럴까? 그 이유는 스스로의 자아 인식이 깊이 뻗어 나가지 못하고 아픈 현상에만 계속 머물러 있기 때문이다.

이렇게 만드는 장본인이 '상처'라는 놈이다. 상처는 긍정화된 자아 인식의 감각을 무디게 만드는 무서운 악성 코드로 치유의 과정을 통하지 않고서는 결코 사라지지 않는다. 상처를 치유하는 일은

마음 명작

의식 속에 떠다니는 상한 생각들을 분류하는 것부터 시작된다. 염려라는 생각과 불안이라는 생각들을 걷어내고, 상실이라는 생각과 결핍이라는 생각들을 걷어내는 작업이다.

　우리 마음속의 상처는 반드시 치유되어야 한다. 그 치유된 마음의 대표적인 현상이 바로 '자아 인식 확장'이다. 이것은 자아가 훨씬 다양한 감각을 품으면서 긍정화된 의식에 이르게 된다는 것이다. 마음속에 일어나는 수많은 변화를 건강하게 인지하고 만질 수 있고, 그것들 중 쓸모없는 것들은 쓰레기통에 버리고, 잘라 내야 할 것들은 과감히 잘라 버리고, 또 되살릴 수 있는 것들은 재활용통에 넣어 되살릴 수 있는 감각을 말한다.

　우리의 자아가 생각을 재단할 수 있는 감각만 품게 되어도 지금보다 훨씬 여유와 자신감을 갖게 된다. 조금만 노력하면 생각 자체를 단순하게 배합하여 훨씬 크고 멋진 양질의 동기화를 만들게 되면서 이원적 형식, 즉 감정과 인지 치유가 가능해지는 놀라운 일이 일어난다. 스스로 내면을 가꾸고 치유하는 기능에서부터 감정적인 면과 인지적인 구별 능력까지 배양할 수 있게 되는 것이다.

　내면의 인식이 확장되고 있다는 증거는
　"지금 내가 느끼는 생각이 내 의식의 전부가 아니구나!"라고
　자각(Awareness)하면서 부터이다.

우리 앞의 현상은 늘 변할 것이다. 우리 마음속의 아픈 사연들도 언제든지 우리를 위협하고 위축시킬 것이다. 만약에 내외적인 현상들을 긍정적으로 분별할 수 없게 되면 결국 이 시대 절망적인 조류에 떠밀려 살아가야 할 수도 있다.

반드시 자아 인식이 깊어지고 넓어져야 표류된 상태가 아닌 안정된 항로로 항해할 수 있다.

상상해 보라! 그 배의 선장이 당신이라면 정말 멋진 일이지 않겠는가? 거센 폭풍으로 아무리 배가 흔들려도 키를 놓지 않는 선장 말이다. 바로 당신이 묵묵히 비를 맞아 가면서 정해진 항로를 향해 멋지게 파도를 가르며 운항하는 그 선장이 되어야 하지 않겠는가?

지금 여기에 길이 없다는 것은
신이 나를 통해 길을 내라는 것이고
지금 여기에 희망이 없다는 것은
신이 나를 통해 희망이 되라는 뜻이다.

지혜를 품고 본질을 깨우쳐라

앞으로 우리가 살 미래는 지금보다 더욱 급변할 것이다. 지구 온난화로 사계절은 점점 사라질 것이며, 우리가 매일 숨 쉬는 공기의 질도 바닥을 칠 것이다. 20년 전만 해도 물을 사 먹는다고는 상상도 못했다. 그러나 지금은 물을 사 먹는 것을 넘어 공기를 사서 마시는 시대로 변했다. 중국에선 생수 값에 50배에 달한 공기 캔이 불티나게 팔리고 있는데, 이것마저도 없어서 못 팔 지경이란다.

시대의 환경과 생활 구조만 변한 것이 아니다. 함께 더불어 살아가는 이웃 간의 정도 점점 마르고 있다. 담을 허물며 음식을 나누던 옛 정과는 달리 지금은 옆집에 누가 살고 있는지 모를 정도로 서로 꽁꽁 싸매며 살고 있다. 이뿐인가. 지척에 있는 가족들마저도 그 관심이 냉랭해지고 있다.

몇 달 전, 1층에 사는 아버지가 돌아가셨는데 3층에 사는 아들이 한 달이 넘도록 몰랐다는 가슴 아픈 기사를 접한 적이 있다. 겉모습은 화려해 보이고 멀쩡해 보여도 지독한 외로움에 시달리면서 고통받고 있는 이들이 어쩌면 내 가족, 내 이웃일 수 있음을 우리는 한시도 잊어서는 안 된다. 또한 정말 지켜야 할 것이 재산뿐 아니라 각자의 마음임을 늘 자각해야 한다.

문제는 늘 변해 가는 현상이 아니라 내 마음속에
시대적 조류에 휩쓸리지 않고 묵묵히 키를 잡고
항해하는 지혜로운 선장이 없다는 것이다.

내 자아 인식이 현상에만 맞춰진 소박한 신념 체계를 품고 살아간다면 언제든 심리적 불안과 고통을 생산해 내겠지만, 인식이 확장되어 그 현상을 감싼 본질을 하나씩 다루는 기술을 터득한다면 고통은 상당 부분 줄일 수 있다.

알래스카인들은 늑대 사냥 시에 '얼음 칼'이라는 도구를 자주 사용한다고 한다. 양날의 칼을 날카롭게 갈아서 피를 묻힌 다음 물을 부어 얼리는데, 이 작업을 반복해서 마치 얼음 기둥처럼 만들어 놓는다. 그 얼음 기둥 표면에 또 한 번 피를 묻혀 놓고 늑대를 기다리는데, 늑대는 피 묻은 얼음 기둥만 보고 달려와 열심히 핥는다. 그러다 결국 얼음 속에 숨겨둔 칼날에 자기 혀가 베어 과다 출혈로 죽고 만다.

우리 삶의 주변에도 생존의 음모들이 눈만 뜨면 우리를 설득하기 위해 존재하고 있다. 언제 어느 때 알래스카의 늑대처럼 내 살

마음 명작

을 내가 뜯게 될지 모르는 일이다.

　성공한 사람들일수록 원시(遠視), 즉 멀리 내다보는 안목을 품고 있다. 다시 말해, 현상을 액면 그대로 받아들이지 않고 눈의 착각을 정확히 읽는다는 것이다. 그래서 현상 뒤에 감춰진 사연과 증상을 기막히게 알아차린다. 본질을 꿰뚫어 보면서 조급성이 아닌 차분한 인식으로 생각을 재단하며 살기 때문에 짧게 일해도 큰 성과를 거둔다.

　우리는 명심해야 한다. 언제든지 고급화된 인식으로 무장되지 않으면 스스로와 가족들에게 힘겨운 짐이 될 수 있다는 사실을 말이다. 문제는 본질을 깨우쳐야 한다는 점이다. 이를 위해서는 구체적으로 실행하고 적용해야 한다. 먼저 내적 힘을 기르는 연습을 해야 하고, 자아 인식을 통한 지혜를 품어야 한다.

　본질을 터득하는 힘은 반드시 형상화된 지식에 머물러 있지 않았고 지식, 그 이상의 경험으로 녹인 지혜에 있었다.

　지혜와 지식은 연동이 된 듯하지만 큰 거리가 있다. 여기 따뜻한 물잔이 하나 있다고 하자. 이 따뜻한 온기를 무어라 설명하여 타인에게 전달할 수 있을 것인가? 아무리 수려한 단어를 조합해도 못할 것이다.

　그러나 한 가지 유일하게 전달할 수 있는 방법은 직접 용기를 내어 온기 있는 물잔을 거머쥐어 보는 것이다. 이것이 '우월추구

동기(Striving for Superiority)'이다. 이 동기를 통해서만 양질의 통찰(Insight)이 이루어지고, 이 통찰이 지혜의 원료가 된다.

인간이 형성해 놓은 수많은 지식은 어쩌면 따뜻한 물잔 한번 쥐어 보지 않고 그 따뜻함을 흉내 내고 있지는 않은지 생각해 보아야 한다. 수많은 논리와 체계로 가득 찬 지식은 보암직스럽고 탐스럽기까지 하다.

그리고 눈만 뜨면 우리를 설득하기 위해 진을 치고 기다린다.

꼭 알래스카인들의 얼음 칼처럼 말이다. 우리는 반드시 지혜를 품어야 한다. 그렇지 않으면 그 속에서 꿈틀거리고 있는 생존의 음모들과 그 지식의 화려한 덫에 설득당하고 말 것이다.

따뜻한 물잔을 만져 보고 그 물을 마셔 본 사람은 많은 말이 필요 없다. 눈짓만으로, 간결한 감정 표현만으로 물잔에 서린 온기를 전달한다. 그것도 요란 떨지 않고 차분하게 말이다. 이것이 우월적 동기화를 통한 통찰의 결과이자 삶의 판도를 완전히 바꿀 수 있는 지혜가 된다. 이렇듯 지혜는 반드시 본질을 깨닫게 만들어 주고 자아 인식을 넓히는 최고의 원료가 된다.

지혜는 어떤 일의 원리와 이치를 보는 눈으로
지식과 현상을 흡수하는 자아 인식에서 추출된다.

지혜를 갖추면 인생사의 많은 현상들 속에 감춰진 원리를 만질 수 있다. 오늘날 여러 매체에서 개념 없이 행동하는 사람들은 학

마음 명작

교 공부, 즉 지식이 모자라서가 아니라 현상에서 펼쳐지는 인생사들을 만지는 인식의 깊이가 현저히 얇기 때문이다.

지혜의 중심에는 사랑과 수용, 그리고 용서가 있다.

행복군이라 자부하는 이들 모두 철저한 자아 성찰을 통한 지혜가 심적 바탕을 이루고 있음을 나는 확인할 수 있었다.

명심하라.
인성은 지식으로 배우는 것이 아니라
지혜로 깨우치는 것임을 말이다.

자아절망군과 자아행복군

　지구라는 기차는 23.5도로 기울어져서 하루에 10만㎞의 속도로 250만㎞를 달리고 있다. 상상만 해도 고막이 나갈 것 같은 엄청난 속도이다. 그러나 정작 이 열차에 탄 이들은 이 같은 사실을 자각하지 못한다.

　인생의 여정도 두 가지 종착역을 향하여 달리는 열차 여행과 같다. 한 종착역은 자아 절망의 역이고 다른 역은 자아 행복의 역이다. 심리학자 에릭슨도 일찍이 이 부분을 자아발달단계로 나눴던 것을 보면, 어느 시대를 막론하고 절망군에 속한 이들이 많은 건 사실인 듯하다. 한 여론 조사에 의하면, 83% 정도가 우울증후군에 포함돼 있으면서 실제 본인은 우울증인지 전혀 모르고 살아간다고 한다. 10만㎞의 무서운 속도로 달리는 지구 열차에 몸을 싣고 있지만 전혀 느끼지 못하는 것처럼 말이다.

　죽음 앞에서 인간은 두려움을 느낀다. 황혼으로 갈수록 더욱 그러하다. 대한민국 인구의 4분의 1이 홀로 사는 가구이며, 특히 더욱 가슴 아픈 점은 전 세계 전쟁 사망자보다 자살자들과 고독사로

마음 명작

숨지는 이들이 더 많다는 사실이다. 최근 기사에 따르면 작년 한 해 고독사로 숨진 이들이 1,200명을 훌쩍 넘었다. 그들 중 어느 누가 지독한 외로움과 벗이 되어 누구 하나 지켜봐 주지 않는 싸늘한 단칸방에서 쓸쓸하게 죽음을 맞이하리라고 상상이나 했겠는가.

황혼으로 갈수록 인생의 여정은 두 가지 내적 부류로 나뉜다. 한 부류는 후회와 아쉬움 속에 황혼을 맞이하는 자아절망군이고, 또 하나는 넉넉하지 않지만 잘 살았다며 만족감을 느끼는 자아행복군이다.

내적 부류의 대처 결과들

자아절망군
분쟁, 후회, 자기비하, 갈등, 인격장애, 성격장애, 우울, 초조, 불만족, 불안, 중독, 외로움, 자살

자아행복군
자존감, 긍정심, 진화, 완성된 사랑, 리더쉽, 겸손, 원시, 배려, 느긋함, 청순함, 여유, 일치, 통합, 갈등 처리 기술, 평화, 자기 분화, 창조적 기능

그동안 마음 훈련 현장에서 느꼈던 절망군들의 특징은 자아 인식과 스스로를 세우는 핵심 동력에 현저하게 문제가 있었다. 이들은 언제든지 그 중심에 내가 없고 나를 흔들고 아프게 하는 것들

에 의해 지배를 받으며 생존에 눈이 가려져 절망이라는 역을 향해 고속 질주하고 있었다.

마음이 건강하다는 것은 절망으로 달리지 못하도록
내 마음에 제동 장치를 하나 만들어 놓은 것과 같다.
언제든지 자아절망의 역을 향해서 달리게 되면 이 인식의 브레
이크는 스스로 작동하여 절망에 덫에 빠지는 것을 막아 준다.

안타까운 것은 많은 이들이 여전히 절망의 역을 향하여 달리고 있는데도 불구하고 그 사실을 모른다는 것이다. 모두 자각(Awareness)의 시스템 때문이다. 오랫동안 마음훈련 강의를 들었던 이들마저도 결국 자신감 있게 "알겠다!"고 소리쳤지만, 여전히 절망의 기차에서 내리지 못했다.

자아가 절망으로 치닫는 큰 이유가 하나 있는데, 그것이 바로 생존 게임이다. 절망 속에 흔들리는 자아는 인식의 조망이 좁아져 금세 조급해지고 답답해하여 아픔도 고통도 금세 드러나 버린다. 그리고 향방 없는 두려움으로 인해 본인을 생존이라는 처절한 게임으로 몰고 간다. 이 생존 게임은 자아가 병들면서 나타나는 가장 대표적인 현상 중 하나로, 눈이 멀게 되는 증상과 아주 유사하다.

이것을 '레밍스 효과(Lemmings Effect)'라 한다. 레밍스는 툰드라 지역에 사는 쥐의 일종으로, 먹을 것을 찾아 밤에 줄지어 이동하는 습성을 가지고 있다. 레밍스의 개체수가 늘어나면 서로 치열한

경쟁이 시작되면서 급작스런 이상행동이 나타난다. 평소에는 피해 다녔던 덩치 큰 천적에게 떼를 지어 덤벼들기도 하고, 앞에 가던 레밍스가 절벽에서 뛰어내리면 그다음 레밍스는 자신이 죽는 줄도 모르고 바다에 뛰어들기도 한다. 이러한 현상을 '레밍스 효과'라 한다. 이 효과는 주식시장에서도 나타나는데, 주가가 한창 오를 때 상승장에서 뒤처질까 두려워 남을 따라 경쟁적으로 위험한 투기에 빠져든다.

생존 게임에 휘말리면, 보이는 현상에만 불을 켜는 반면 주변을 살피지 못한다. 행복과 성공이라는 명목 아래 절망이라는 엄청난 덫에 빠져드는데도 누구 하나 이 발목을 통제할 수 없게 만든다. 더욱 안타까운 것은 도저히 바꿀 수 없는 현상들을 바꿀 수 있다는 공상까지 만들어 내다가 결국 자아 상실(Lost Self), 즉 '스스로를 잃어버린 상태'로 몰락해 버리고 만다는 점이다.

지금도 생존 게임은 그렇게 어떤 이의 내면을 타고
돌아다니고 있다.

마음이 점점 멋진 걸작으로 완성되어 간다는 것은 내 마음에 멋진 지휘력을 품은 선장이 자아 행복의 항구를 향해 나아가는 것과 같다. 이 선장이 마음을 관리하고 통합하면서 가장 멋진 자아로 세워 나가고, 눈앞에 펼쳐진 위기와 갈등을 보기 좋게 다루면서 어려움을 자원 삼아 자아 통합(행복)을 일궈 낸다.

잊지 말아야 한다. 내면의 걸작은 하루아침에 뚝딱 만들어지는 공장의 인형과 같지 않다는 것을 말이다. 넓어진 자인식만이 자각의 기능을 품을 수 있고 그 자각을 통하여 성취감과 안정감, 그리고 자율성을 누리며 살아간다는 것을 말이다.

마음이 걸작으로 빚어진다는 것은 순간을 순간으로,
하루를 하루로만 살아가면서 쌓인 안정된 반열 위에서만
이루어진다는 사실도 잊어서는 안 된다.

마음 명작

※ 자아를 절망으로 이끄는 증상들

인간의 의식(Consciousness) 중심에는 많은 생각들이 올라온다. 우리는 그러한 생각 가운데 어느 것 하나라도 간과해서는 안 된다. 하루에도 그런 사연들은 제각각 명분을 앞세워 마음이라는 터널을 거쳐 자아 인식의 프레임 안으로 들어오는데, 그중에 상당 부분 우리를 절망으로 이끄는 생각들이 있다. 그것이 바로 마음의 상한 사연들이다. 그 사연들이 자아를 병들게 하고 자아를 왜곡시켜 자아 절망으로 이끈다. 지금부터 열거한 증상들은 반드시 치유해야 할 것들이다.

(1) 바꿀 수 없는 것에 대해 끊임없이 아쉬워한다.

마음에 상한 뿌리가 있는 분들은 "주변 여건만 받쳐 줬다면", "부모가 조금만 밀어줬다면", '좋은 배우자를 만났다면", "좋은 대학을 나왔다면", "얼굴이 예뻤다면" 등 '~하면'이란 단서가 붙고 "할 수 있었을 텐데", "했었을 텐데", "했어야 하는데" 등의 말을 자주 한다.

(2) 쉽게 절망하고 포기를 잘한다.

어려운 도전에 직면했을 때, 쉽게 물러나는 경향이 있고 절망이라는 감정에 쉽게 빠져든다.

(3) 성취 불가능한 목표를 가끔 세운다.

목표를 세우는 것은 중요하다. 목표를 정해야 성취가 가능하기 때문이다. 하지만 이 사람들은 현실과 동떨어진 생각을 품고 있고 목표를 잡는다는 것이 문제이다. 불가능한 현실도 꼭 이루어질 것이라는 공상을 하면서 말이다.

(4) 자신의 장점이 아니라 단점에만 집중한다.

사람들에게는 다 약점이 있다. 중요한 것은 장점을 수용하고 나쁜 것에 초점을 맞추지 않으려고 노력하는 것이다. 하지만 이 사람들은 자신의 긍정적인 이미지보다는 약점이나 단점에만 머무는 경향이 있다. 자신의 약점이 스스로를 묶는 족쇄가 되는 줄도 모르고 말이다.

(5) 소셜 미디어에 사로잡혀 있다.

불행한 사람들은 소셜 미디어에 너무 사로잡혀 있는 경향이 있다. 또한 자신이 소셜 미디어를 통해 다른 사람들에게 어떻게 비쳐질 것인가에 대한 걱정을 너무 많이 한다. 이 때문에 자기 자신을 바라볼 때에도 부정적인 영향을 받기도 한다. 그 이유는 소셜 미디어를 통한 소통은 타인으로 하여금 공감적 관계 보다는 차가운 일방적 소통에 가깝기 때문이다.

(6) 남에 대해서 험담을 자주하거나 부정적인 말을 한다.

마음 명작

마음에 상한 뿌리가 있는 사람은 그 뿌리로 인해 왜곡된 인식들을 만들어 내기 때문에 다른 사람들을 폄훼하는 경향이 있다. 반대로 자아가 건강하면 남을 더 올려 줄 때 오히려 더 큰 기쁨이 온다.

⑺ 용서하기를 거부한다.

불행한 사람들은 원한에 사로잡혀 있는 경우가 많다. 근본적인 마음 치유가 된다면 상당 부분 타인을 향한 내 마음의 인식이 변화된다. 용서는 결코 마음의 힘이 없이는 이루어질 수 없기에 반드시 치유되어야 한다.

⑻ 나는 항상 잘해야 한다.

이러한 생각을 가지고 있는 사람들은 아직도 유년기의 생존 게임에서 벗어나지 못했다고 해석할 수 있다. 인간이 정한 잘함의 기준은 부모가 입력한 생존 규칙 중 하나로, 성인이 되어서도 늘 떨치지 못하고 살아가는 경우가 많다.

⑼ 나는 모든 사람에게 인정과 사랑을 받아야 한다.

인정과 사랑은 정말 무서운 시련의 도구이다. 때론 칭찬 한마디보다는 책망 하나가 더 유익한 법인데, 여전히 칭찬과 인정에 목말라 살아간다는 것은 심각한 생존 게임에 걸려 있다는 것으로 해석할 수 있다.

⑽ 나의 불행은 주로 보이는 것에서 온다.

현상을 좇아 살아가는 사람들은 주로 본질을 통달하고 사는 이들보다 많은 고통이 형성된다. 고통을 정의해 본다면, 현상과 증상을 분리하지 못한 인식의 무지에서 만들어진다. 따라서 성찰을 통해 자아를 발견하고 내적인 인식을 확장시켜 나갈 때, 비로소 보이는 것에 집착하지 않는다.

⑾ 나는 특별하다. 누구든 나의 모든 필요를 채워 줘야 한다.
특히 내 배우자도.

이 부분은 심각한 나르시시즘으로 인한 이기적 마음이다. 그렇다고 너무 이타적으로 사는 것도 건강한 것은 아니지만 나와 타인, 상황이라는 세 가지를 적절하게 인식하면서 균형을 이뤄 나갈 때 우리는 자아행복감을 느끼게 되어 있다.

마음 명작 🌿

두 번은 없다

두 번은 없다.
지금도 그렇고
앞으로도 그럴 것이다.
‥‥‥
반복되는 하루는 단 한 번도 없다.
두 번의 똑같은 밤도 없고,
두 번의 한결같은 입맞춤도 없고,
두 번의 동일한 눈빛도 없다.
‥‥‥
힘겨운 나날들, 무엇 때문에 너는
쓸데없는 불안으로 두려워하는가.
너는 존재한다. 그러므로 사라질 것이다.
너는 사라진다. 그러므로 아름답다.

미소 짓고, 어깨동무하며
우리 함께 일치점을 찾아보자.
비록 우리가 두 개의 투명한 물방울처럼
서로 다를지라도….

− 비슬라바 쉼보르스카 *Wislawa Szymborska*

자아 착색(Ego Coloration)

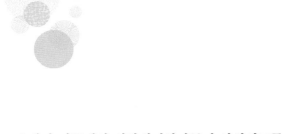

　오래전 미국에서 임상심리학자들이 사형선고를 받은 죄수를 대상으로 '상상이라는 실체'의 실험 결과를 논문으로 발표한 적이 있었다. 사람을 수십 명 죽인 사형수가 사형 언도를 받았는데, 본인과 가족의 양해를 얻어 병원 수술실에서 죽게 하는 방법이었다. 사형수의 동맥을 자르고 피가 몸에서 몇 그램이나 빠져나가면 목숨이 끊어지는가 하는 실험이었다.

　실험에 참가할 죄수를 선정하고 의사가 나와 실험 방법을 설명했다. "당신에게 주어질 실험은 몸의 사지를 절단하고 양동이에 피를 받으면서 몸 안에 있는 피가 얼마나 빠져나가야 심장이 멈추는지 조사하는 것입니다. 아마 제 경험으론 30분 정도 지나면 사망하지 않을까 생각합니다. 그러나 마취를 하니까 통증은 없을 것입니다. 편안히 잠드시면 됩니다." 죄수에게 하루의 시간을 주고 가족에게 전달할 편지를 쓰게 하면서 마지막으로 삶을 정리하게 했다.

　그리고 실험 당일, 수술 침대에 죄수를 눕혔다. 팔과 다리를 수

마음 명작

술대에 묶어 꼼짝 못하게 하고 눈을 가려 아무것도 못 보게 했다. 다만 귀를 통해서 소리를 듣고 머리로만 상상하도록 했다. 그렇게 실험이 시작됐다.

간호사가 마취제를 놓은 척하면서 수액을 놓았고 톱 소리를 요란하게 내며 팔과 다리를 자르는 척했다. 그리고 36℃ 되는 물을 손목과 발목 언저리에 부어서 피가 나고 있는 것처럼 연출했다. 사형수는 이미 혼이 반쯤 나간 상태에서 마취에 빠져든 척했다. 실제로 마취제가 아닌 식염수를 넣었는데도 알아채지 못했던 것은 톱 소리를 내면서 칼등으로 자르는 시늉을 할 때 통증이 없어서였다.

그리고 침대 밑에는 물통을 놓아두어 '똑, 똑, 똑' 물방울로 피 떨어지는 소리를 대신했다. 의사는 간호사들에게 주문했다. "피가 덜 나왔으니 심장을 좀 세게 누르지." 그러자 간호사들이 사형수의 가슴을 압박하며 눌렀고, 양동이의 낙수 소리는 더 커졌다.

이 실험은 과연 어떻게 되었을까? 사형수의 얼굴은 점점 창백해지고 혈압은 계속 떨어지더니, 의사의 말대로 30분이 못 되어서 결국 숨소리를 멈추고 그대로 사망하고 말았다. 자기 몸에서 피 한 방울도 나지 않았는데도 말이다.

바로 이것이 '자아 의식 시스템'이다. 뇌의 착시 기능이지만 상당 부분 눈앞에 펼쳐진 현상이 시상하부를 통해 시냅스 작용을 일으킨다. 즉, 검증도 하지 않고 뇌간을 통해 우리 몸 발가락까지 전달하는 데 2초면 충분하다.

소개팅에 나간 어느 남성에게도 거짓으로 상대 여성의 심장 뛰는 소리를 들려주고 지켜봤더니 30분도 채 되지 않았는데 사랑에 빠지는 모습을 보인다. 이렇듯 우리의 자아는 언제든지 현상을 수용하기 위한 준비 태세를 갖추고 있어서 들려주는 대로 보여 주는 대로 오류를 간파하지 못하고 믿어 버리는 습성이 있다. 언제든지 의식의 내면화로 중무장하지 않으면 현상의 덫에 쉽게 빠지기도 하고 후회와 고통을 되풀이할 수밖에 없게 된다.

우리의 자아는 언제든지 물들었고 물들어 갔다.
그 이유는 자아가 가지고 있는
정서 전염(Emotional Contagion) 때문이다.
다른 사람의 얼굴 표정, 말투, 목소리, 자세 등을
자동적이고 무의식적으로 모방하고 자신과 일치시키면서
감정적으로 동화되는 경향이 있어 언제든지 전염된다.

『감성 지능(Emotional Intelligence)』의 저자인 다니엘 골맨(Daniel Goleman)도 "인간은 자신의 감정적인 상태를 다른 사람과 나누고자 하는 본성을 지니고 있다."라고 말했다. 즉, 타인의 감정 상태로 언제든지 전염되기 쉽고 의식마저도 누군가에게 영향을 쉽게 받는다는 것이다. 이러한 정서 전염으로 얻어진 심리 효과가 '맞추기 효과(Matching Principle)'이다. '유사성의 원리'라고도 하는 이것은 신념이나 행동, 말투, 하물며 감정 표현까지 유사한 사람에게

마음 명작 🌿

의지하려는 효과를 말한다.

처음엔 무언가로부터 자극을 받으면 우리의 자아는 반응하다가 무의식의 저항이 일어난다. 하지만 같은 반응이 계속 일어나면 자아는 점점 반응에 익숙해지고 어느새 동조하기까지 한다. 이를 '의식의 전이'라고 하는데, 건강한 자아일수록 이러한 전이를 막을 수 있거나 속도를 늦출 수 있다.

이것이 필자가 발견한 자아 착색(Ego Coloration)이다. 인간의 마음은 누구를 만나 물들어 가느냐가 정말 중요한 문제이다. 언뜻 앞 장에서 다룬 동기화와 비슷해 보이지만, 동기(Motivation)와 착색(Coloration)은 전혀 상이하다. 모두 행동화를 유발시키는 내면의 큰 촉발은 될 수 있지만 형성점이 제각각 다르기 때문이다.

동기는 내적인 우월 추구로 만들어진다면, 착색은 외적인 이미지가 내부로 밀려 들어와 형성되는 작용이다. 그렇지만 서로 연동되어 돌아가고 있다. 외부 이미지로 인해 내부 동기가 되기도 하고, 내부 동기로 인해 외부 이미지를 닮기도 한다. 문제는 이 둘을 잘 구별하며 살아갈 수 있느냐가 관건이다.

그래서 자아가 지금 어떤 착색이 일어나고 있는지를 늘 살펴야 한다. 자아는 물과 같아서 언제든지 작은 잉크 방울 하나에도 온 마음의 세계를 지배해 버리기 때문에 정신 차리고 지켜 가지 않으면 안 된다.

그럼 무엇을 지켜야 한다는 말인가?

착색을 막으라는 소리인가?

아니다. 자아는 언제든지 물들어 왔고 앞으로도 물들어 간다고 하지 않았던가? 중요한 것은 물이 들어도 반드시 본래의 각자 고유한 자아다운 자아로 유지하라는 것이다.

즉, 흐르는 강물에 잉크 한 방울 떨어뜨려도 걱정할 필요가 없다. 왜냐하면 순간 퍼질지라도 조금 지나면 금방 정상으로 돌아올 것을 알기 때문이다. 그런데 물이 고여 있다면 상황은 완전히 달라진다. 검정색 잉크가 아주 작은 한 방울만 떨어져도 그 물은 영원히 검정색 물로 남기 때문이다.

답답하지 않겠는가? 그래, 답답할 것이다. 더욱이 작은 통의 물이고 고여 있다면 말이다. 반드시 깊고 넓은 바다가 되어 흘러야 한다. 그래야 어떤 착색이 들어와도 자아는 잠시 흔들리고 아파해도 본래의 색을 유지할 수 있을 테니 말이다.

인간은 누구나 성장을 원하고 있고 성장을 향하여 달리고 있다. 성장이 없는 현장은 못 견딜 정도로 고통의 몸부림이 가득하다. 그래서 나는 이 시대를 만지면 가슴이 아프다. 오랫동안 이러한 이들을 만져 오면서 느꼈던 공통점은 성장에 목말라 하고 있는 사람일수록 성장에 대한 깊은 통찰이 없다는 것이었다. 그 통찰이 없는 자아는 기꺼이 주변에 음모에 착색되었고 그 착색화로 몹쓸

마음 명작

공상까지 생산하고 말았던 것이다.

성장이라는 본질을 깨우쳐 본다면, 앞 장에서 말한 대로 우월적 동기화를 통하여 얻어진 자아 성장을 건강한 성장이라 한다. 이것이 곧 내면의 확장이고 향방 잡힌 성장이다.

단계별로 성장을 말한다면, 반드시 태동 단계에선 자아 인식 확장이 주류를 이뤄야 하고, 그다음 자아 성숙의 지반이 기초를 이루고, 그 위에 성장이라는 건물을 세워 나가야 오랫동안 지탱해 낼 수 있다.

그러나 형태적 성장이 있다. 이것은 남에게 비춰지기 위해 형성된 성장이다. 이 이미지가 내면을 타고 자아를 물들이면 타인의 이미지가 쏜살같이 파고들어와 성장에 목을 맨 동기를 만들어 낸다. 이 동기를 '목마른 동기화'라고 한다. 이것이 자아를 지배하면 결코 내면에서는 우월적 동기가 형성되지 않는다. 자아는 잠시 성취를 느끼는 듯하지만 금방 허기가 올라오고, 만나는 대상과 시작하려는 모든 일에 '환상적 유착'이 일어난다. 실행하는 일마다 자주 실망하고 낙심하면서 결국 본인이 형성한 현실들 대부분이 단지 '사막의 신기루'였음을 점차 깨닫고, 결국 좌절과 절망을 맛보게 된다.

이 동기화는 자아 통합의 진정한 기쁨의 세계로 이끌어 내지 못한다. 자아 통합의 결정체라 함은 느릿함, 고요함, 청순함, 온유함, 겸손함, 긍휼함 등의 자아 긍정의 대표적인 감정체들인데,

이것들이 아닌 조급함, 불안함, 두려움, 절망 등의 어두운 감정 체들을 생산해 낸다.

내 가족과 주변의 박수갈채를 받고 자라나 부모가 간절히 원하는 대학에 들어가고, 급기야 사회가 짜놓은 프레임 속으로 들어간다. 모두가 가는 그 길을 안 가면 뒤처진다는 생각과 퇴보자가 된 듯한 느낌에, 기필코 죽을힘을 다해 '성공'이라는 소리를 듣고 만다.

여기까지 이른 것도 대단한 성과라 할 수 있다. 그러나 그 내면에 진정한 자아 통합감을 느끼지 못한다면 이것은 목마른 동기화를 통해 만들어 낸 형태적 성장이라 할 수 있다. 모두 본인보다는 남에게 보이기 위해 형성된 성장인 것이다.

명심해야 한다. 타인의 담화는 내적 힘이 형성되지 않는 상태에서 듣는 한 내 자아를 착색시키는 최대의 적이 될 수 있다는 사실을 말이다. 내가 궁극적으로 좋아할 일도 도무지 못 찾게 만들어 버리고 꿈도 비전도 모두 인식의 문맹 속으로 순간 빠뜨려 버릴 수도 있다. 그러나 우월적 동기화로 만들어진 자아는 타인의 담화에 물들어도 재빨리 본래 색을 찾아가고 내 자아의 가장 어울리는 이미지로 착색시켜 나갈 수 있는 것이다.

우리가 눈으로 보이는 현상 속에는
자아가 감당하기 힘든 난기류가 흐르고 있다.
이것이 바로 '착색화의 기류'이다.
피할 수는 없지만 이 기류에 들어섰다고 느껴지면

마음 명작

어떻게 서든 벗어나야 한다.
그렇지 않으면 자아는 언제든지
난기류로 인해 방황하게 될 것이다.

흔들리고 아파하고 비워져야 마음이지

/

마음은 건강하든 건강치 않든
매일 흔들렸고 매일 아파 왔습니다.
문제는 나를 흔들게 하고 아프게 한 증상을 만지고
분리하지 못한 내 자아 인식에 있지요.

쓰레기가 쌓여 악취가 나는데도
심지어 방 입구까지 염려라는 쓰레기로
채워 놓고 편히 누울 자리는커녕
앉을 자리도 만들지 못하고 살아왔기에
늘 힘들고 아픈 것입니다.

마음 치유 사이클

아름다운 항구 도시이자 '물의 도시' 베네치아(Venezia)에서 바이올린의 대가가 태어났다. 바로 안토니오 비발디(Antonio Vivaldi)이다. 그가 작곡한 바이올린 협주곡들을 듣고 있노라면 꼭 몸의 감각 하나하나가 깨어나는 듯하다. 「사계」 중 '겨울' 제1악장만 들어 봐도 차가운 바람이 내 몸의 솜털 하나에서부터 숨어 있는 맥박 하나하나까지 훑고 지나가는 느낌이다.

자연을 담아 악상으로 표현한 비발디도 대단하지만, 수많은 인간의 심연들을 그 웅장한 기세로 숨죽이듯 굴복시키는 대자연의 힘 또한 놀랍고 경이롭다. 이러한 자연의 섭리는 인간의 얄팍한 관념으론 도저히 가늠할 수 없게 만든다. 그것은 바로 숨을 멎게 만드는 신비(神祕)의 영역 때문이다. 자연을 보면 생명이 흐르는 수로가 보이고 그 수로를 따라 길을 걷다 보면 처절한 생존 게임의 장관이 펼쳐진다. 꼭 인간의 마음처럼 말이다.

자연이나 인간이나 모두 정해진 운명의 타임 테이블을 중심으로 숨죽이듯 아파하며 시들어 가고 소생되고 있다. 이것이 처절한

마음 명작

생존 사이클이다. 이러한 사이클의 중심을 자세히 들여다보면 특이점이 하나 발견되는데, 그것이 바로 회복 시스템이다.

향내 진동하며 스스로를 뽐내는 꽃들에서 형형색색 물들어 있는 산들의 나무들까지 시간이 지나면 세상을 다 포기한 듯 잎사귀를 떨구며 추하게 시들다가 다시 시간이 지나면 언제 그랬냐 싶게 활개를 펼친다.

교통사고로 다리가 부러지고 피부가 손상된 육체도 뼈를 잘 맞춰주고 염증 없도록 관리하면 시간이 흘러 원상으로 복귀된다. 그뿐인가. 우리 몸은 병을 대처하는 면역 시스템이 돌아가고 있다. 태어날 때부터 지니는 선천적인 면역과 자라면서 후천적으로 얻어지는 면역이 연합하여 외부에서 들어오는 항원인자를 방어하고 위기 상황에 맞서 몸을 속히 건강하게 복구한다.

우리의 마음도 마찬가지이다. 1955년 미국의 심리학자 에미 워너(Emmy Werner)는 회복탄력지수(Resilience Quotient)를 발표했는데 각 사람의 감정, 충동, 소통, 공감 등의 자기조절능력에 따라 회복력, 즉 복원력이 달라진다는 흥미로운 연구였다. 물체마다 탄성이 다르듯이 마음도 회복하는 탄력성이 다르다는 것이다. 이것만 봐도 자연이든 육체든 마음이든 적든 크든 복원하려는 힘이 강렬하게 작용하고 있다는 점은 부인할 수 없다.

이러한 면역력과 내적 힘 모두 우리 몸의 근육처럼 끊임없이 관리되고 키워 나가야 한다. 언제든지 자아가 내적 근육을 통해 치유 사이클을 돌려야 흔들리고 아파하는 마음을 안정시키고 평안을 재빨리 찾을 수 있다.

　그러나 내적 힘이 없으면 치유 사이클을 돌릴 힘이 없어지고
　마음이 흔들리고 아파할 때 어찌 할 줄 몰라 숨어 버리고 만다.

　우리의 마음도 비발디의 「사계」와 같은 멋진 작품이 되어야 한
다. 먼저 악상을 떠올리고 그 악상을 박자와 셈여림에 맞춰 오선지
에 그려 놓고 오케스트라를 통해 멋지게 연주되듯이 우리의 마음
도 걸작으로 조각하기 위해서는 먼저 자아의 본질을 이해한 다음
내면의 재료들 하나하나를 조합하고 합성시켜 나가야 한다. 그러
므로 무엇보다 중요한 시작점이 바로 내 자아를 깨우치는 것이다.
　지금부터는 자아의 본질을 깨우쳐 보자. '나'와 자아는 동일한
속성을 띠고 있지만 그 의미에서는 조금 상이하다. 둘 다 나를 지
칭하는 의미이긴 하지만, 안과 밖의 존재하는 위치에 따라 그 명
칭을 달리 한다. 쉽게 정리하면 '나'는 의식 밖에 위치하고 있는
보이는 나, 즉 '외적자아(外的自我)'라고 하고, '자아'는 내 마음에
존재하는 보이지 않는 나(Self), 즉 '내적자아'(內的自我)라 한다.
　보이는 내가 만들어지기 전에 반드시 심리적 동기가 형성되는
데, 이 심리적 동기를 만든 장본인이 바로 자아인 셈이다. 이 자
아는 내면의 모든 생각들과 감정들을 다스리고 사고하며 결정하
는 일을 한다. 그리고 그 결정된 부분을 의식 밖 행동으로 옮기
는 중추적인 역할을 하는데, 이것을 '행동화'라 한다. 이러한 행동

화로 인해 의식 밖에서 타인에게 비춰지는 모습이 바로 외적자아 '나'인 것이다.

베네치아 항구에서 대자연을 바라보며 「사계」를 작곡한 비발디를 한 번 상상해 보자. 마음속에서 떠오른 악상들 하나하나를 오선지에 옮길 때만 해도 어느 누구도 「사계」라는 훌륭한 작품이 되리라고는 예상 못했을 것이다. 그러나 멋진 연주자들을 통하여 연주되어 세상에 알려졌을 때 "아, 이 곡이 「사계」구나!"라고 알 수 있었듯이 악상을 수집하여 음정으로 그려진 악보와 같은 상태를 '내적자아'라 하고 악기에 의해 연주되어 상대의 귓전에 들려 느끼게 하는 곡을 '보이는 나'라고 할 수 있다.

일반적으로 사람들이 "너는 누구야?"라고 물으면 망설이지 않고 대답한다. 본인이 남자인지 여자인지, 누구의 자녀이고 어떤 자녀를 둔 부모라는 것을, 그리고 무슨 일을 하고 있고 무슨 색을 좋아하고 무슨 음식을 자주 먹는지……. 모두 나의 행동화로 만든 작품들이다. 심리적 동기에서 비롯된 행동화의 결과들이다.

하지만 너의 자아가 뭐냐고 물으면 잠시 주춤거린다. 그것은 바로 익숙지 않은 인식 때문이다. 즉, 자주 머물고 분명히 그 존재를 느끼면서 훈련되지 않았기 때문에 바로 대답을 못하는 것이다.

이 개념이 불확실하면 마음을 이해하기란 결코 쉽지 않다.

'자아'는 보이지 않는 심리적인 '나'로서

의식 중심에 존재하고 있으면서 내 마음에서 일어나는
모든 심리적 작용을 다루고 결정짓는 총사령관이자,
치유 사이클의 키를 잡고 있는 선장이다.

그런데 이 둘의 균형감을 대단히 중요하게 다뤄야 한다. 그 이유는 자아는 보이는 나로 하여금 언제든지 존중받지 못하면 방치된 상태(상한 자아)가 되어 건강한 인격이 형성되지 않기 때문이다. 그러면 결국 내면의 균형은 더욱 그 힘을 잃게 되고, 타인의 관심과 찬사에만 목을 맨 허무한 자존심만 키우게 된다.

여기서 자존심과 자존감은 전혀 다르다. 자존감은 보이지 않는 나, 즉 '자아'를 인식하고 돌보고 강화시켜야 만들어지는 고급화된 의식을 말한다. 특히 아이를 양육할 때 정말 중요한 부분이다. 자존감을 유산으로 물려주는 것이 어떠한 물질적 유산보다 더 낫다고 미국의 스탠버그(Robert J. Sternberg) 박사가 언급했듯이 아이로 하여금 일평생 자존심을 안고 살아가게 하느냐 아니면 자존감을 안고 살아가게 하느냐는 부모 입장에서 고민해야 할 중요한 문제가 아닐 수 없다.

대표적인 자존심의 도구로는 사회적 직위, 지식의 양, 집안 배경, 재산, 자동차, 그리고 외모치장 정도를 꼽을 수 있고 생존에 따라서는 더 늘어날 수 있다. 이러한 도구들은 삶을 살아가는 데 필수적이지만, 내적인 자아를 방치해 놓은 상태에서는 더욱 의존하게 되어 있다.

이들의 균형을 바다에 떠다니는 배로 비유해 본다면, 내적인 자존감은 배가 기울여도 금방 복원되게 만드는 수평수의 역할이고 자존심은 배에 화려함을 자랑하는 외관이라 할 수 있다. 아무리 화려하게 잘 건조된 배라 할지라도 배의 균형을 잡아 줄 수평수가 적절하게 채워지지 않는다면 결코 그 배는 바다 위에서 온전하지 못할 것이다.

그렇다. 화려한 자존심의 도구들은 내·외적인 균형이 깨지면서 왜곡된 가치관과 신념 체계로 '생존 가면'을 형성한다. 이러한 가면은 잘 구별하여 쓰면 긍정적인 요인들도 많지만, 잘못 관리되면 스스로를 더욱 비참하게 만드는 왜곡된 신념의 결정체로 굳어져 버린다. 그래서 가면은 쓸 때와 벗을 때를 항상 구별하지 않으면 자아는 금방 약화 되고 만다. 가면이 없이는 타인에게 당당하게 나를 드러낼 수 없을 정도로 언제든지 주변과 타인의 이목을 살피면서 가면에만 의지한 채로 살아가야 한다는 것이다.

과연 나는 허무한 자존심으로 생존의 가면을 제대로 구별하지 못한 채 살고 있지는 않는지 생각해 보아야 한다.

자존감이 바탕을 이룬 자아는 더 이상 생존의 가면들을 의지하지 않고 스스로의 존재를 세우며 아픈 마음을 치유하는 근본적인 열쇠가 된다.

자, 그럼 지금까지 설명한 자아의 개념을 토대로 회복 사이클을 알아보자. '마음 회복'은 본래 자리, 즉 처음 상태로 복구되는 것을 말하고 치유된 상태라 말한다. '마음 치유'는 본래 정상적인 궤도에서 벗어나 있는 심리적 기제들을 원래 상태로 돌려놓는 작업을 말하는데, 여기에서 본래 모습을 찾는 것을 '회복(回復)', 그 중심에서 일어나는 내적 에너지를 '치유(治癒)'라 한다.

전 세계적으로 학술단체나 연구기관들이 다양한 치유 기법을 쏟아내고 있다. 숲, 명상, 음악, 미술, 미용, 예술, 연극, 영화 등등……. 이러한 도구들을 통하여 마음이 회복되고 있고, 앞으로도 더욱 많은 사례가 증가할 것이다.

자아(自我) 기차의 치유 경로(Mindhealing Pathway)

자아라는 기차는 쉬지않고 내면의 치유 경로를 따라 운행하고 있다. 이때 외부와 내부로부터 나를 흔들고 아프게 하는 증상들의 본질을 자각하면서 회복이라는 역을 향해 계속 순환하는데, 그 순환 사이클을 '마음 치유 사이클(Mindhealing Cycle)'이라 한다.

서울에서 부산을 향해 달리는 기차가 있다고 하자. 그 기차는 서울역을 통과하고 대전역, 대구역을 통과해야 부산역에 도착한다. 우리 내면에도 치유 경로를 따라 순환하는 자아기차가 회복의 역이라는 종착역을 향해 달리고 있다. 회복의 역을 향해 달리면서 지나는 역이 세 군데가 있는데 그 처음 역이 흔들림의 역이고, 두 번째는 아픔의 역이고, 마지막이 비워짐의 역이다. 우리의 자아는 이 역들을 계속 순환하면서 매일 새로워지고 회복되고 있는 것이다.

마음이 회복되려면 반드시 자아는 이 순환열차를 돌려야 한다. 하루도 빠짐없이 순환열차를 돌리는 일이 자아의 소임이다. 결국 자아가 이 기차를 이끌고 흔들림의 역을 지나고 아픔의 역을 지나서 마지막 회복의 종착지에 이르러야 마음은 자유와 평안을 얻게 된다. 이것이 그 놀라운 치유 사이클(Mindhealing Cycle)이다.

마음이 안정감과 평안을 유지할 수 있는 배경에는 이러한 자아 기차가 쉴 새 없이 순환하기 때문이다. 흔들리고 아파하고 비워지고 다시 흔들리고 아파하고 비워지고……. 이렇게 계속해서 자아 인식의 감각과는 상관없이 순환하고 있다. 그런데 순환하는 도중 철로가 막힌다든가 자아가 탈선해 철로에서 이탈해 버리면, 금세 마음은 침침해지고 원인도 알 수 없는 증상들이 올라오기 시작한다. 그리고 감정까지도 상해 버린다.

○ 마음 훈련이란?

자아 기차가 치유 사이클로 잘 순환하여 돌 수 있도록 철로에
장애물을 제거하고, 때론 기차에 기름칠도 하고 기차 속도까지도
조절하는 훈련을 말한다.

자아 산책

누구나 맘속 깊은 곳에 작은 상자 하나가 있습니다.
깊은 감정의 골짜기를 지나면 보이는 그 상자 속에는
아무도 모르는 당신의 또 다른 당신이 살고 있습니다.

그 상자 속에서 들려오는 소중한 기억들, 그리고
상처의 흔적들을 한번 가만히 들어보세요.

그리고 상자를 들고 돌아가는 길
당신이 남긴 발자국들을 하나둘씩
바라보세요. 그리고
고백하세요.

꼭. 사랑으로 하나씩 채워 가겠다고
내 안의 자아를 위해 오늘도 내일도
행복한 산책을 쉬지 않겠다고…….

– 새빛 詩 그리고 눈물 중에서

흔들려야 마음이다

일본에서 심리학을 연구하는 선생님과 문자를 주고받다가 갑자기 문자가 끊겼다. 한참 뒤에 들어온 문자를 보니, 지진이 있었다는 것이다. 그래서 괜찮으냐고 물었더니 그는 아무렇지도 않는 듯 답장을 건넸다. 일본에서는 워낙 지진이 자주 발생하여 크게 신경을 안 쓰는 듯했다.

아는 지인도 일본 여행 중 식당에서 밥을 먹고 있는데 지진을 만났다는 얘기를 들었다. 지진이 발생해서 그분과 가족들은 깜짝 놀라 당황하고 있는데, 식당 주인은 아무렇지도 않는 듯 그릇을 정리하고 있었다는 것이다.

일본의 지진 교육은 전 세계 국가들 중 가장 철저하다고 들었다. 워낙 지진이 많은 나라다 보니 건물 구조도 웬만한 지진에 견딜 수 있도록 설계되어 있고, 일본 국민에게 이제 진도 5.0 이하의 지진은 일상이 되었다고 한다.

우리의 내면에도 늘 지진이 만들어진다. 마음을 뒤흔드는 수많

마음 명작

은 생존의 바람부터 지축을 흔들어 방황하게 만드는 환경적인 문제들, 순식간에 나를 삼킬 것 같은 인생의 파도까지 우리는 그렇게 매일 흔들리고 시달리며 살아가고 있다.

그러나 우리의 내면에는 건물의 내진 설계보다 더욱 강력한 시스템이 돌고 있다. 그것이 바로 마음 치유 사이클(Mindhealing Cycle)이다.

중요한 것은 이 사이클을 단계별로 돌려야 할 자아가 그 본래의 기능을 상실하고 흔들림에서 아픔에서 마냥 주저앉아 버린다는 것이다. 흔들림의 역을 지나야 아픔의 역으로 가고 그 역을 지나야 비워짐의 역으로 가는 것이 회복의 과정인데 말이다.

이것이 내적 고통의 배경이다.

마음이 회복되고 내면이 걸작으로 만들어져 가는 길은
내 안에 보이지 않는 나(자아)를 일깨우면서 시작된다.

내 자아가 살아나야 치유 경로의 흐름을 정확히 읽으면서 멈춘 기차를 돌아가게 해 줄 수 있다. 반드시 자아 기차가 치유 경로를 따라 순환해야 내적 힘이 만들어지고 스스로 마음을 치유할 수 있다.

훌륭하고 유능한 선장은 아무리 무서운 폭풍우 속에서도 키를 놓지 않고 끝까지 항해한다. 향방이 정확히 잡힌 배라면 사나운 바람 속에서도 그 힘을 더욱 얻어 정해진 항로로 달리게 되어 있다. 이처럼 자아도 유능한 선장처럼 반드시 그 소임을 다할 때 마음은 관리되고 유지되는 것이다.

마음이라는 것은 무의식의 사연들과 자아를 연결해 주는 통로를 가리켜 말한다. 이 통로 안에는 수많은 사연들이 떠다니고 있다. 그중에서 해결받길 원하는 아픈 사연들이 대표적으로 자아를 흔들어 댄다.

자아는 이 사연들을 두 팔 벌려 안아 주고 품어 줘야 하는데, 자아가 힘이 없거나 표류된 상태라면 더욱 마음은 탁해진다. 반드시 하나하나 만나 주고 격려하며 위로해 주는 기술을 배워야 한다. 그것이 자아의 본분을 일깨우는 마음 훈련이다. 이런 사연들이 어디서 올라오고 어떻게 형성되는지 앞으로 계속 설명하겠지만, 반드시 자아는 힘을 가지고 이런 사연들을 기꺼이 만나 줘야 한다.

자아가 힘을 잃어 이 사연들을 만나 주지 않고 숨어 버리면 아픈 사연들은 급기야 나의 전체를 흔들고 나의 정체성마저 꺾어 버린다. 그리고 자아의 본래 자리를 차지해 버린다. 꼭 자기 집인 것처럼…….

그렇게 되면 의식이라는 통로에는 "왜 나는 하는 일마다 꼬이고 힘들게 살까? 아예 태어나지 말았어야 해. 정말 한심하다." 하며 자학하기도 하고 나중에는 마음 전체를 문제 덩어리로 만들어 버리기도 한다. "너는 바보야, 바보! 아무 말도 못하고 당하기만 하는 진짜 넌 바보야! 죽어 없어져야 해. 왜 사니? 바보야!" 이렇게 말이다.

반드시 만나야 한다. 만나면 달라진다. 만나기도 전에 판단하고 포기하기 때문에 늘 힘든 것이다. 우리의 자아는 의식 중심에서 내적 힘을 발휘하여 사연들을 만나 위로하려는 순간, 어떠한 지진이 발생해도 당황하지 않고 잘 대처하는 감각이 생긴다. 그리고 어떤 바람 앞에서도 쉽게 꺾이지 않고 당당해지면서 치유 사이클로 순환하면서 살아가는 법을 스스로 터득하게 된다.

반드시 잊지 말아야 한다. 외적·내적으로 우리의 마음을 흔드는 바람은 언제든 불어왔고, 앞으로도 불어올 것이라는 사실을 말이다. 내 마음이 부족해서, 문제가 있어서가 아니라 지극히 당연하고 자연스런 사실이라는 것을 말이다.

그 사실을 아는가? 주변에서 볼 수 있는 고층 아파트, 빌딩들, 심지어 다리까지도 미세하게 흔들리고 있었다는 사실을……

일본에서는 건물을 설계할 때 아예 스프링 내진 설계 공법을 적용하는 경우가 많다. 상식적으론 위험해 보이지만, 바람에 건물이 순응해 흔들리게 함으로써 건물의 안전을 도모하는 것이다.

이처럼 우리의 내면도 하루에 수천 번, 아니 수만 번도 흔들린다.

내적 힘으로 강화된 자아만이 어떠한 흔들림에도 결코 꺾이지 않고 꿋꿋이 바람을 타고 비상(飛上)할 것이다. 만약 당신이 그동안 아프고 힘들었다면 내진 설계가 되어 있는 자아의 기능을 전혀 사용하지 않은 채 마음에서 올라온 부정적인 메시지만 듣고

흔들렸음을 깨달아야 한다.

누구도 자연에 버티려 하면 안 된다.
이것이 순리이다. 불어오는 작은 바람에도 감각을 세워라.
위기도 불안도 두려움도 아픔도 눈물도 고통의 바람,
그 어떤 바람도 타는 것이지, 버티는 것이 아니다.

마음 명작

아픔의 본질

두 번째 단계는 아파하는 마음이다. 중요한 것은 앞 장에서 말한 흔들림이나, 아픈 것이나 모두 문제 인식의 관점으로 봐서는 안 된다는 것이다. 마음의 관점에서는 결코 자아를 문제로 인식해서는 안 된다. 문제로 인식해서 보는 순간, 정말 문제아가 되어 버린다. 병적으로 문제가 있어서도 아니고 타고난 환경에 의해 아픈 것도 아니라는 사실이다.

성숙하지 못한 자아는 방황하는 청소년을 많이 닮아 있다. 마음이 조금만 아파도, 환경이 조금만 어려워져도 못 견디고 집을 나가려고 하는 성질이 있다. 그러다 위기와 갈등이 닥치기라도 하면 정말 가출도 서슴없이 하게 된다.

이러한 상태를 '자아 상실(Lost Self)'이라고 한다. 즉, 자아가 정착하지 못하고 표류하는 현상을 말하는데, 이것은 마음 치유에서 상당히 중요하게 다뤄지는 부분으로 아픈 마음의 원인들을 품고 있는 중요한 단서가 된다.

자아 상실을 조금 더 설명하자면 집을 깨끗이 관리하고 청소해야 하는 관리인이 집을 나가 버린 상태라 할 수 있다. 건물이 화려하게 잘 지어진들 관리를 제대로 못하고 방치한다거나 쓰레기를 수거하는 청소차가 한 달만 다니지 않아도 도시는 어떻게 될까? 점점 폐허로 변해 가지 않겠는가?

마음도 마찬가지이다. 관리하는 주인이 없다면 스스로 만들어 낸 '염려'라는 쓰레기들과 '후회와 아쉬움'으로 찌든 상실의 쓰레기들까지 모두 마음 통로까지 차오르게 되어 있다. 이렇게 되면 점점 아픈 증상들이 하나씩 피어오르기 시작하고, 외적. 내적으로 무감각해지고 답답해지며 숨이 막힐 것 같고 미래가 두렵고 불안해지기까지 한다. 이 증상을 심리적으로 '우울'이라 하는데, 내면에선 '영혼의 감기'라고도 불린다. 그렇다, 자아 상실의 대표적인 증상이 바로 우울증인 것이다.

마음이 이러한 상태로 오래 지속되면 환기가 되지 않아 아무리 몸부림을 쳐도 내적인 힘이 생산되지 않는다. 물건 하나 집어들 힘도, 방구석에 쓰레기 하나 주울 힘도, 싱크대에 쌓아진 그릇 하나 닦을 힘이 없어진다. 그냥 잠만 자든지 잠을 못 자고 텅 빈 방에서 천장만 보며 밤을 꼬박 새기도 한다. 그리고 타인의 메시지에 의해 순식간에 스스로를 문제아로 만들어 버린다.

자아가 건강하다는 것은 묵묵히 자기 내면 깊은 곳에서
침전된 사연들이 하나하나 올라올 때마다
만져 주고 위로하면서 사연을 분리하는 것인데

자아가 상실되면 그러한 기능이 멈춰 버린다.

그래서 청정함을 유지해야 할 마음의 방은 아픔으로 함몰된 사연 찌꺼기로 가득 채워지며 원인도 모르는 답답함과 불안을 품으며 살아가게 된다.

아픔의 형질이 얼마나 무겁고 힘들기에 자아는 제 기능을 버리고 상실한 것일까? 조금만 더 아픔의 본질을 알아보자. 아픔에는 두 가지 형질(形質)이 있다. 하나는 살리는 아픔이고, 다른 하나는 죽이는 아픔이다. 둘 다 겉모습만 봐선 표시가 나지 않아 분별하기가 힘들다. 그러나 자세히 들여다보면 그 아픔들의 근원지가 보이기 시작한다.

하나는 마음에 올라오는 악성 쓰레기들로 증상화된 아픔. 즉, 죽이는 아픔이다. 이 아픔은 의식을 타고 걷잡을 수 없는 충동으로 올라온다. 때론 통제도 규율도 아무것도 지킬 수 없게 만들어 버린다. 더욱 큰 문제는 자아가 아픔을 다룰 힘이 없어서 결국 가출하고 만다는 것이다. 그래서 이 아픔을 간과한 채 방치하면 절망과 우울을 반복하며 심지어는 자살까지 이르게 되는 무서운 악성 코드로 변한다. 이것이 자아 상실의 참상이다.

그리고 자아를 소생시키는 아픔이 있다. 이 아픔은 '내적 자각 (Awareness)에 의한 아픔'이다. 쉽게 말해, 마음의 통로에서 올라오는 상실되고 결핍된 사연들 하나하나를 자아가 몸소 만나면서 겪는 아픔이다. 자아가 아픈 사연과 맞닥뜨리면서 분리하고 회복해 나가는 아픔, 즉 살리는 아픔인 것이다.

성장통이라는 게 있지 않은가? 딸아이의 성장 과정을 지켜봐 온 나로선 너무 잘 안다. 발가락이 자라고 치아가 더욱 튼튼하게 자리 잡기 위해선 이 통증을 거쳐야 했다. 분명 마음에도 성장통 같은 것이 있는데 바로 자아가 자각을 통하여 겪는 아픔의 과정, 즉 '사연 인식'의 과정이라 한다. 자아는 사연 인식을 통하여 스스로의 마음을 치유하도록 형성됐다. 그래서 이 과정상 반드시 아프지 않고서는 회복으로 나아갈 수 없는 것이다.

모든 오감을 순식간에 매료시키는 예술조각들, 상상이 되는가?
얼마나 많이 깎이고 쓸리고 닳고 닳았는지, 그리고
한 작품마다 얼마나 많은 땀과 눈물이 서려 있는지 말이다.

반드시 아파야 된다. 우리 몸에 작은 혹이 생겨 그것만 떼려 해도 아프지 않은가? 아픈 것이다. 그런데 그 아픔을 더욱 아프게 하는 것이 향방 잃은 못난 자아다. 걸작은 하루아침에 신데렐라의 기적처럼 신기한 마법으로 만들어지지 않는다. 반드시 흔들리고 아파하면서 만들어지는 결정체이다.

그러나 안심해라. 치유의 아픔은 견딜 만하게 내진 설계되었다는 사실을……. 죽을 것 같은 위기와 실패에서 정말 죽는 사람이 있고 그렇지 않고 새로운 출발을 도모하는 사람이 있는 이유가 모두 이 때문이다. 바로 자아 인식의 차이인 것이다.

마음 명작

언제든지 우린 생각해야 한다. 마음에서 올라오는 함몰된 쓰레기들로 일평생 흔들리고 아플 것이냐, 아니면 아픈 사연과 기꺼이 만나주면서 내 자아를 성숙으로 길들일 것이냐! 지금 당신이 겪고 있는 아픔이 있다면 반드시 생각해 봐야 한다.

마음은 건강하든 건강치 않든 매일 흔들렸고 매일 아파 왔다. 문제는 나를 흔들게 하고 아프게 한 증상을 만지고 분리하지 못한 내 자아 인식에 있었다. 쓰레기가 쌓여 악취가 나는데도 심지어 방 입구까지 염려라는 쓰레기로 채워 놓고 편히 누울 자리는커녕 앉을 자리도 만들지 못하고 살아왔기에 늘 힘들고 아픈 것이다. 내 마음의 방을 속히 발견해야 한다. 발견하는 것에서부터 치유는 시작된다. 그리고 두 팔을 벌려 진심을 다해 아파하자.

내면의 걸작은 반드시 아픔으로 빚어진다는 사실을…….

포기하지 마세요

치유가 된다는 것은 원래 아픕니다.
문제가 있는 몸도 치유하면 고통이 따르듯이
마음도 마찬가지입니다.

특히 오래 갈수록 더욱 아픕니다.
참 답답하고 힘이 들지요.

포기하고 덮어 두고 살아도 될 것인데
바보 같다는 생각도 듭니다.

그러나
포기하고 싶을 때
잠시 생각해 보세요.

잠시 아플 것이냐
아니면
이 상처로 인해 영원히 아파할 것이냐
말입니다.

– 새빛 詩 그리고 눈물 중에서

마음 명작

마음, 비워져야 울림이지

예측해 보건대 앞으로 우리가 살아갈 세대는 지금보다 더 내적인 힘이 없이는 살아가기에 힘겨울 것이다. 자아의 힘이 약해져 점점 더 살아갈 힘마저 소멸한 이들이 많아질 것이라는 게 나의 소견이다. 안타까운 것은 모두가 내면의 행복을 갈망하고 살아가겠지만 마음만 먹을 뿐, 얻어 누리지 못한 이들이 많아질 거라는 사실이다. 혹여 들킬세라 더욱 꽁꽁 싸매고 다닐 것을 상상해 보면 너무 마음이 아프다.

우리는 생각해 봐야 한다. 간절히 바라여도 얻지 못하고 있다면 과정을 중시 여기지 못한 내 습관 때문이라는 것을 말이다. 뭐든지 건강은 건강할 때 지키고, 소 잃고 외양간 고치는 일은 없어야 한다.

나는 오랫동안 현장에서 힘들고 아파하는 이들이 스스로의 자아를 찾고 회복해 가는 과정을 지켜봐 왔다. 그들이 조금씩 힘을 얻어 상처로 인한 마음속 자흔을 털털 분리해 가는 모습을 보면서 이 훈련 과정이 얼마나 많은 이들에게 절실하고 중요한 일인지 느꼈다.

우리의 자아가 치유 사이클을 돌리면서 그 본분을 다하며 살아 간다면, 반드시 내적 힘이 만들어지고 회복력의 가속이 붙게 되어 있다. 그러나 인간이 버린 쓰레기로 몸살을 겪고 있는 지구처럼 우리의 마음이 유해한 생각의 쓰레기들로 여전히 채워져 있다면, 결단코 내적 회복의 참맛을 느끼지 못한 채 절망과 상실을 생산하면서 살아갈 것이 뻔하다. 그로 인해 매일 아파하면서 눈앞에 보이는 통증에 떠밀려 이곳저곳 편리와 안녕을 채우기 위해 향방 없이 살아가게 될 것이다. 지독한 외로움과 싸우면서 타인에게는 멀쩡한 것처럼 립스틱 짙게 바르며 말이다.

비워짐

회복의 역으로 향하는 마지막 단계를 이제 소개하려 한다. 바로 비워짐의 단계이다. 우리가 경험해 왔던 수많은 사연은 무의식의 깊은 바다에 감정이라는 보자기에 싸여 가라앉아 있다. 마음이라는 통로를 통하여 의식세계로 올라와서 자아와 자연스럽게 만난다. 그때 자아는 당황하기도 하고 설레기도 한다. 바로 처음 만나기 때문이다. 그러나 자주 만나다 보면 금세 적응이 되고 아주 친숙해진다.

무의식의 사연은 대부분 분류되고 저장되는 창고가 다르다. 우릴 아프게 흔드는 사연들은 대부분 엉켜서 방치되기도 하고, 흔적도 없이 파묻혀 있기도 하다. 대부분 '억압(Repression)'이라는 보

마음 명작

자기에 싸여 침전되어 있다. 그리고 기회만 되면 마음의 통로까지 올라와 자아를 흔들어 댄다. 해결해 달라는 것이다.

이러한 아픈 사연을 쪼개어 보면 대부분 상처의 기억들이 많다. 이 사연들은 잠시만 방심하면 걷잡을 수 없는 충동으로 변모해 세상에 나가려고 준비한다. 누구도 통제하기 힘든 상태로 말이다. 우리 주변에서 일어나는 부적응적인 인격들, 그리고 외로움과 슬픔으로 찌든 이들은 모두 상실된 사연 돌봄의 부재에서 나타나는 현상이라 할 수 있다.

사연에는 꼬리표가 달려 있다.

나를 꺼내 달라는 것부터 "답답해 죽겠다!", "왜 안 채워 주니?", "제발 나를 잘 돌봐 달라고!" 등등……. 치유를 한마디로 정리한다면 이런 아픈 사연들을 돌보고 독립시키면서 꼬리표를 자르는 것이라 할 수 있다. 그 꼬리표가 잘라지면서 자동으로 마음이 비워지는 것이다. 이 부분을 마음 치유에서는 '사연 독립'이라고 하는데, 정말 중요한 부분이다.

결국 비워짐이라는 것은 아픈 사연들이 자아를 통해 잘 돌봐지고 양육되면서 분리되는 것을 말한다. 자아와 사연들이 만나 열심히 흔들리고 아파하지 않고서는 이루어질 수 없는 과정이다.

내적 항상성

우리의 마음은 이러한 비워짐의 원리만 알고 자아를 일깨우면서 살아간다면, 누구의 도움이 없어도 스스로 언제든지 회복될 수 있다. 그 이유는 치유 사이클(흔들림-아픔-비워짐)로 인해 형성되는 힘, '내적 항상성(Inner Homeostasis)'이 있기 때문이다. 이 항상성이 내가 나로 살게 해 주는 원동력이 되고 우리가 일평생 자아 만족을 일궈 내는 '내적 힘'을 길러 내게 된다.

명심하자! 흔들림이 커 보이고 아픔이 커 보이는 것은 바로 비움의 단계에 이르지 못한 자아 인식의 결과임을 말이다. 평생을 고통 속에 힘들어하는 분들이 필자가 이끄는 마음 훈련에 와서 울면서 하소연하는 것을 가끔 듣곤 한다. "왜 저는 하는 일마다 안 되고 지금의 삶이 힘들까요."라고 말이다. 그리고 나서 세미나가 끝날 무렵 그들은 모두 한결같이 고백한다. "제가 마음 치유 사이클을 돌릴 자아를 잃어버린 채 살았네요. 왜 그동안 내가 힘들었는지, 이 아픔이 도대체 어디서 시작된 것인지 이제는 알 것 같아요."

그동안 아픈 이들의 자흔을 만져오면서 깨달은 사실을 나는 이 책에 한 획 한 획 써내려갔다.

그래서 이 책은 당신의 내면을 흔들고 비우기에 충분할 것이다. 그리고 더불어 곳곳마다 영혼을 위로하는 울림을 새겨놨다. 더욱 흔들리고 아파하는 이들이 이 책을 읽고 스스로 치유되고 회복의 역에서 내면의 걸작을 완성하기를 소망하면서 말이다. 쉽지 않겠지만 한 단계 한 단계 함께 호흡하며 걷다 보면 내적 항상성이 형성될 것이다. 언제든지 진정한 평안과 자아 행복의 곡조가 당신의 내면에서 울려 퍼지기를 확신해 본다.

마음 명작

비움은 자아가 내적 힘을 가지고 일궈 내는 작업이다. 그 비움이 오랫동안 유지되려면 마음 훈련을 통해서만 가능한데, 특히 스스로의 자아를 더욱 단단하게 묶어 주고 북돋아 주기 위해서 '고백 훈련'이라는 것을 한다. 이 훈련은 자아를 향해 용기와 긍정적인 내적힘을 불어넣는 자아고백(Self-Affirmation)작업으로 비움이 더욱 잘 유지되고 울림이 다르게 만들어 주는 정말 중요한 내적훈련이다. 치유로 나아가기 위해서는 반드시 자아를 향한 긍정적 메시지와 용기로 고백해야 한다. 이 훈련을 습관처럼 적용하여 살아간다면 당신의 자아는 늘 건강하게 유지되게 될 것이다.

여행도 세상 향유를 담을 만한 내적 힘이 생겨야 제대로 맛볼 수 있다. 나는 지인들과 전라남도 담양에 메타세쿼이아 길을 걸어 본 적이 있는데, 지금도 생각하면 너무너무 황홀하고 기분이 좋아진다. 그렇다. 마음이 비워져야 형용할 수 없는 자연의 절경과 신비들이 들어가 자리를 잡는다.

우리가 순간순간 누리고 산다는 것은 과연 어떤 의미일까? 그것은 인간으로 가장 축복된 일 중의 하나일 것이다. 반드시 흔들리고 아파하고 비워졌을 때만 그 축복도 축복답게 누릴 수 있는 것이다.

마음은 반드시 비워질 때, 풍경이 풍경으로 다가오는 법이다.

이 모든 내면의 평안을 이끄는 힘은 소박한 고백에서 시작된다.

내 자아를 믿어 주고 자아를 자아답게 강화시켜 나갈 거라는 확신의 고백 말이다. 그 고백의 씨앗이 마음의 밭에 떨어지는 순간, 당신의 자아는 어떤 바람에도 부러지지 않고 늘 회복의 탄성을 유지할 수 있을 것이다. 아무리 흔들려도 말이다. 고백하라! 그리고 자아를 인식하라! 반드시 그 속에서 내적 힘이 샘솟을 것이다.

마음을 비운다는 것은 내 마음에 쌓인
아픈 사연 하나하나 이별하는 작업이다.
반드시 그렇게 비워진 마음속에서만
느긋함, 간소함, 고요함, 따뜻함, 청순함의 울림이 나오는
것이다.
진실하라! 기다려라! 그리고 용기를 가져라!
반드시 비워짐을 경험할 것이다.

마음 명작

자아 고백

나는 아무리 흔들리고 아파해도 비워짐을 경험할 것이다.
나는 일평생 나의 몸과 함께할 것이다.
나는 마음 훈련을 습관처럼 적용해 살 것이다.
그래서 나는 항상 평안과 자유를 누릴 것이다.

그리고 누구도 흔들지 못한 내적 힘을 가질 것이다.
과거로부터 힘들었던 기억의 편린들에서
지금의 현실, 그리고 앞으로의 아픈 위기, 갈등까지도
나는 훌쩍 넘어 버릴 것이다.

나는 누구보다 나의 자아를 믿는다.
나의 자아는 특별하고 특별하다.
그런 자아를 나는 일평생 아끼고 사랑할 것이다.

회복(回復)의 자리

흔들리고 아파하고 비워진 마음을 달리 표현한다면 내 자아가 본래 자리로 돌아간다는 것이다. 이것이 '회복(回復)의 자리'이다.

마음도 본래 자리가 있고 본래 모습이 있다. 우리의 마음이 회복된다는 것은 반드시 자아가 이탈하지 않는 상태로 본래 자리에서 치유 사이클을 돌리는 것이다. 자아가 본래의 자리가 아닌 다른 곳에 있다면, 치유는 경험하지 못하고 마음은 다른 것들로 채워지게 되어 있다. 숨 쉬기 힘들 정도의 염려와 불안으로 말이다.

내 자아가 있을 곳은
타인이 만든 화려한 건물이 아닌 본래의 자아의 자리이다.
그곳은 편리와 음모가 가득한 탐욕의 건물도 아니다.
비록 외관은 남루해 보여도, 고급스런 벽지는 안 발라 있어도
내 마음이 웃어 주는 그곳, 그곳이 바로 내 자아의 집이다.

그 자리가 나를 가장 나답게 만드는 본래 자리, 나의 참 자아(眞

마음 명작

我)의 자리이다. 우리는 정신없이 혼미한 상태로 다니는 사람을 '넋이 나간 사람'이라고 하지 않는가? 그 넋도 본래 마음의 집에서 가출했기 때문에 나간 넋을 향해 돌아오라 하는 것처럼 이탈된 자아가 본래 자리로 돌아와 회복력(回復力)을 얻어 바닥 서린 아픈 사연 하나하나까지도 만지고 치유해 나가야 한다.

마음 명작 훈련은 반드시 내면의 통찰(Insight)을 통하여 한 단계 한 단계 자아를 세우고 보듬어 나아가는 작업이다. 내적·외적인 흔들림과 아픔의 사연들과 만나고 가슴 저리게 아파하면서 걸작으로 조각되어 가는 것이다.

마음의 본래 자리란 어디인가?
한마디로 정의하면 본래 자리는 없다.
바로 순간순간 비우는 그곳이 본래 자리이다.
마음은 본래 자리가 비움의 자리였다.

명심해라!
비워야 울림이 있고 그 울림이 나를 살리고
타인을 살린다는 사실을 말이다.

나를 흔드는 마음의 소리

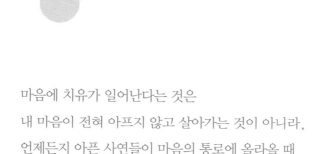

마음에 치유가 일어난다는 것은
내 마음이 전혀 아프지 않고 살아가는 것이 아니라,
언제든지 아픈 사연들이 마음의 통로에 올라올 때
쌍수 들고 만나면서 아파하는 일이다.
그렇게 될 때 우리의 마음은 마음다워져 가는 것이다.

그렇다. 마음은 결단코 마음다워야 한다. 상한 마음을 향한 간절함이 있는 나로선 아무리 강조해도 지나치지 않는 말이다. 이 책을 집필하게 된 계기도 앞으로 수많은 인생들의 목전에 펼쳐질 다양한 아픔들을 너무 잘 알기 때문이다.

아플 것이다. 더욱 아파하며 고통스러울 것이다. 자아가 사연 인식으로 인한 아픔이 아닌 절망과 죽음으로 가는 잔인한 고통의 아픔 말이다. 그것은 아픈 시대 그 중심에서 만지기도 힘들게 불어닥치는 사연의 바람이 될 것이다. 그 바람 앞에 수많은 내면들이 무섭게 자아 행복과 자아 절망으로 갈리는 것을 목도하게 될 것이다.

마음 명작

많은 이들이 꼭 들었으면 좋겠다. 개인적인 사감이지만 말이다. 지금도 알 수 없는 내적인 고통 속에서 헤매는 이들이든, 무슨 일이든 어떤 사람이든 새롭게 만나려고 준비한 이들이든, 더욱 화려한 생존의 가면을 쓴 채로 삶의 언저리에서 가슴 치며 살고 있는 이들이든, 모두가 말이다.

이 장에서 소개하는 마음 훈련은 비워짐의 본질을 만지게 하는 중요한 과정이다. 반드시 당신의 내면에 습관처럼 형성시켜 가기를 바라면서 나를 흔드는 마음의 소리를 함께 들어 보자.

마음에는 많은 소리가 들린다. 언제든지 마음을 잘 관리하려면 아픈 사연들을 치유하는 방법을 터득해야 하는데, 그 방법 중 하나가 마음에 귀를 기울이는 것이다.

답답해! 채워줘! 힘들어!
숨 막혀! 무서워! 화나!
죽을 거 같아! 싫어! 넌 뭐야?
이것밖에 못해! 바보냐?
다 끝내! 재수 없어!
정말 한심하구나! 넌 이제 틀렸어!
더 이상 희망이 없구나!
불안해! 무서워! 외로워!

마음의 추락은 결코 하루아침에 오지 않는다. 이러한 마음의 소리

하나하나 듣지 못하면서 만들어진 참상이다. 당신은 이런 소리들이 들리는데도 멀쩡한 척하고 살아가고 있지는 않은지 반드시 점검해 봐야 한다. 또한 아무리 흔들리고 아파해도 이러한 소리가 계속 들린다는 것은 앞 장에서 말한 대로 비워짐에 이르지 못했기 때문이다.

문제는 자아에 있다. 이번 장에서 다룰 훈련도 자아가 내적 힘이 없으면 도저히 진도를 나갈 수 없을 정도로 중요하다. 그래서 이 장을 들어가기 전에 다시 한 번 스스로의 자아를 향해 용기를 보내자.

앞 장에서 훈련했던 자아 고백(Self-Affirmation)을 추호도 잊어서는 안 된다. 다시 한 번 당신의 자아에게 용기와 믿음을 불어넣고 시작하자.

(소리 내어 읽어도 좋다)

자아 고백

나는 아무리 흔들리고 아파해도 비워짐을 경험할 것이다.

나는 일평생 나의 몸과 함께할 것이다.

나는 마음훈련을 습관처럼 적용해 살 것이다.

그래서 나는 항상 평안과 자유를 누릴 것이다.

그리고 누구도 흔들지 못한 내적 힘을 가질 것이다.

과거로부터 힘들었던 기억의 편린들에서

지금의 현실, 그리고 앞으로의 아픈 위기, 갈등까지도
나는 훌쩍 넘어 버릴 것이다.
나는 누구보다 나의 자아를 믿는다.
나의 자아는 특별하고 특별하다.
그런 자아를 나는 일평생 아끼고 사랑할 것이다.

자아가 소극화되면 마음에서 올라오는 어떤 소리도 듣지 못한다. 그러나 반대로 자아가 힘이 있으면 수많은 마음의 소리들이 들릴 때마다 귀 기울기 시작한다. 소리 나는 그곳을 향해 말이다.

그럼 마음속에서 올라오는 소리는 어디에서 올라오는 것일까?

인간의 내면을 흔들고 아프게 한 수많은 아픈 사연들의 정체 또한 어디에 존재해 있는 것일까? 그 근원지는 바로 마음속에 존재하는 또 다른 자아에 있다. 그렇다, 프로이트를 포함해 여러 학자들도 이 내면의 자아들을 다양하게 분류해서 마음을 일깨워 왔다.

대상관계를 정립한 로널드 페어베어(W.Ronald D.Fairbairn)는 만족을 '추구하는 자아', '좌절한 자아', '흥분시키는 자아'라는 내적 심리구조(endopsychic structure)를 언급했고, 교류분석가 에릭 번(Eric Berne)도 '어린자아', '성인자아', '부모자아'라고 표현했다.

필자는 마음 치유 관점에서 성장이 멈춘 채로 아픈 사연덩어리를 품고 울고 있는 자아 즉, '사연아이'로 통합시켜 내면에 존재하는 또 다른 자아로 제시하고 있다. 대부분 이 자아는 성장이 멈춘 채 아이의 모습을 띠고 울고 있다. 그렇다.

아픈 사연의 덩어리가 바로 이 '울고 있는 아이'이다.

위에서 말한 내면의 소리들이 대부분 이 아이의 소리이다. 그럼 이 아이에게 무슨 일이라도 있었던 걸까? 앞 장에서 치유 사이클은 반드시 자아를 통하여 아픈 사연들을 돌보고 독립시켜 나가는 과정이라고 언급했다. 무의식의 바닥에 침전된 사연들 하나하나 마음의 통로를 통하여 올라와 자아를 만날 때 흔들리고 아파하면서 분리되고 비워진다고 말이다. 그래서 울고 있다고 표현하는 것은 사연아이 스스로 품고 있는 아픈 사연들을 분리해 주라고 계속 자아를 향해 소리치고 떼쓰고 몸부림치는 것을 의미한다.

마음이 치유되기 위해서는 반드시 이 아이와 만나야 한다. 반드시 이 사연 아이와 만날 때 치유를 경험하게 되어 있다. 대부분 마음이 아픈 분들일수록 이 아이는 상실과 상처와 결핍이라는 옷을 입고 마음 바닥 구석에서 울고 있다. 수치심으로 인하여 드러내지도, 드러낼 수도 없는 상태로 말이다.

이 아이를 자아가 돌보지 않고 계속해서 방임한다면 언제든지 의식의 공간을 향해 소리치게 되어 있다. "채워 달라고! 춥다고! 배고프다고! 안아 달라고! 답답하다고! 너무 가슴이 아프다고!" 홀로 겪었을 아픔들을 고스란히 품고 부정적인 메시지로 뿜어낸다. 시도 때도 없이 자아를 흔들고 심지어 죄책감으로까지 시달리게 한다.

마음 명작

현재 자아는 '내적 힘'을 가지고 아픈 사연의 옷을 입고 있는 아이를 찾아가 진심으로 안아 주고 함께 울어 주며 가장 멋진 부모이자 최고의 친구가 되어 줘야 한다. 그 아이를 인식하고 찾아가 만나고 대화하는 순간, 내면에 존재하는 사연 아이의 존재감은 일깨워지고 굳게 봉해진 심연의 문은 열린다.

이것이 '치유 코드(Mindhealing Code)'이다. 그렇다, 치유코드는 반드시 본인이 풀게 되어 있다. 반드시 그 중심에 사연아이가 있는 것이다.

당신의 마음에 귀를 기울여 보라!
어떤 소리들이 들려오는가?

먹을 것이 별로 없는 시절에 태어나 먹을 것에 대한 결핍의 사연을 품은 채로 더 이상 자라지 못한 아이가 있다면 현재 자아인 당신이 그 아이를 위해 만찬을 준비해야 한다. 그 누구를 위한 음식이 아니라, 당신 속 아이를 위해 따뜻한 밥을 지어 먹여야 한다. 정성스럽게 시장에 나가 장을 보고 세상에서 가장 맛깔스러운 밥으로 아이가 먹을 수 있도록 말이다. 그 아이가 가장 좋아했던 색깔이나 그림으로 무늬가 된 식기를 사면 너무 좋다. 식기에 숟가락, 젓가락까지 말이다. 그리고 나를 위한 밥을 지어라!

나를 위해 밥을 지으라니……. 어색한가? 그러나 어색해 마라. 필자가 실제로 아픈 이들을 치유하면서 실행했던 훈련 방법 중 하나이다.

예순을 살짝 넘긴 여성이 있었다. 경찰 공무원이었던 남편을 내조하고 자녀 셋을 키우고 아흔이 넘은 시어머니까지 모시며 살던 이 여성이 마음 세미나에 참석했다. 사연아이 돌보기 훈련 도중 각자 실습과제를 수행하고 자아고백 시간을 진행하면서 나는 그녀의 따뜻한 고백을 듣게 되었다.

그녀는 내면에 있는 사연아이를 위한 밥상을 짓기 위해 제천 시골 농장까지 내려갔다고 했다. 가서 어렸을 때 자주 먹었던 나물과 싱싱한 재료들을 이것저것 구입하고 곧장 서울로 올라가려고 터미널로 왔는데, 구입할 때까지만 해도 괜찮았던 마음이 점점 아리게 올라옴을 느꼈단다. 서울로 가는 버스 시간은 다 되어 가는데 터미널 벤치에서 그냥 눈물이 터져 버린 것이다. 주체할 수 없이, 그것도 계속 말이다.

나는 그녀를 처음 봤을 때의 느낌을 잘 안다. 살아온 파고였을까? 심할 정도로 감정을 누르고 초영웅의 역기능 기질을 품고 있었던 그녀가 처음으로 소리 내어 울었다는 것이다. 그것도 사람들 많은 터미널에서 말이다.

그녀는 울면서 이렇게 고백했다.

"벤치에 앉아 짐 정리를 하는데 나물을 꽁꽁 싼 검정 비닐이 보이는 게 아니겠어요? 그것을 만지는데 이 가슴에서 억제할 수 없는 뭔가가 올라오더라고요. 태어나서 그렇게 울어 본 적이 없었어요. 정말 그런 눈물은 처음이었던 것 같아요."

"네 맞습니다. 그 눈물, 분명히 다르지요. 선생님께서 그때 흘리신 눈물은 현재 자아가 우는 눈물이 아니라 선생님 속의 사연을 품은 아이가 우는 눈물이었습니다. 이제는 더 이상 고아처럼 버려져 살지 않겠구나. 아, 나도 이제 나를 돌봐 줄 부모를 만났구나. 이렇게 고백하는 그 아이가 흘린 기쁨의 눈물이었다는 겁니다."

아픈 내 사연아

눈물이 아른거립니다.
밖으로 나오려나 봅니다.

그런데 나올 때마다
꼭 잊지 않고 속삭입니다.

넌 특별하다고

– 새빛 詩 그리고 눈물 중에서

우리는 내면에 있는 사연아이를 돌봐야겠다고 맘먹고 그 아이의 소리에 귀 기울일 때, 놀라운 감동과 회복의 변화를 만들어 낸다.

한평생 가족을 위해 밥상을 준비하고 늘 식사 때가 되면 식구들을 위해 반찬을 샀던 그녀가 검정 비닐에 담긴 나물을 보면서 이것이 나를 위한 반찬이라니, 아마 믿기지 않았을 것이다.

마음이 아프다는 것은 내면에 있는 아이가 매일 소리치고 울고 하소연해도 전혀 못 알아듣는 자아의 무감각 때문일 경우가 많다. 다시 말해, 마음속에 울고 있는 아이가 아홉 살 때부터 자라지 못하고 성장이 멈춰 버린 상태에서 매일 메시지를 보내는데도 자아는 전혀 못 듣는다는 것이다.

그렇게 된 내면은 뭔가 채워도 채워지지 않는 갈급으로 끊임없이 스스로를 학대하고 '조금만 더 조금만 더' 온갖 탐욕에 이끌려 이곳저곳 내 갈급을 채움 받기 위해 방황하게 된다. 그러다 급기야는 함께 사는 가족까지도 흔들어 대며 채워 달라고 몸부림을 치게 된다. 대부분의 부적응적인 관계와 갈등적인 역기능 사이클을 형성하는 주범이 모두 이러한 사연아이 돌봄의 부재에서 일어나는 것임을 알아야 한다.

앞으로 우리가 내 마음에서 올라오는 소리만 잘 들어도
내 안에 사연을 품고 있는 아이가 있다는 사실만 알아도
방황은 줄일 수 있다. 그 아이의 몸부림으로

마음 명작

평생을 시달려 산다는 사실을 조금만 알아도 말이다.

최대한 내적인 방황을 줄이려면 내면에 울고 있는 사연아이를 반드시 만나야 한다. 아픔으로 얼룩진 누더기를 벗기고 따뜻한 물로 목욕도 시켜 주고 세상에서 가장 향기 나는 로션도 발라 주고 실컷 안아 주고 먹을 것, 입을 것, 때론 갖지 못한 인형까지, 심지어 놀이공원, 동물원까지 데리고 가야 한다.

나는 가끔 씹기에도 힘든 젤리를 사서 집에 들어오곤 한다. 그걸 보고 처음에 아내는 "왜 이런 걸 사오세요."라며 잔소리를 해댔다. 딸아이도 안 먹는 이상한 젤리를 왜 사오냐는 것이다. 한번은 내가 진심으로 아내에게 눈물을 보이며 말했다. "내가 섬에서 태어나 자라다 보니 이런 이상한 과자가 너무 먹고 싶었소! 내 어릴 때 말이요." 아내는 그 말을 듣고 난 후부터는 "먹고 싶으면 언제든지 사서 드세요."라고 말한다.

아픈 이들을 치유하며 살아가는 필자에게도 내 안에 울고 있는 아이가 왜 없겠는가? 가끔 나는 그 아이가 찾기 이전에 불러내어 산책도 해 주고 바람도 쐬어 준다. 정말 너무너무 좋아한다. 집 앞 천변을 걸으면서도 자전거를 타면서도 말을 주고받는다. "이 바람 말이다. 얼마나 시원하니?", "저 꽃 좀 보거라. 이쁜 널 닮았구나!" 하고 말이다.

연극을 보여 주기도 하고 때론 목욕도 시켜 준다. 한번은 목욕탕에서 갑자기 터진 눈물을 주체하지 못했던 적이 있다. 정확한 이유는 기억나지 않았는데, 나중에 알고 보니 목욕물이 귀했던 어릴 적 성장이 멈춰 버린 아이가 나와 함께 울었던 것이다. 때를 밀어 주는 아저씨한테 들킬까 봐 맘 졸이며 울었던 기억이 난다.

그리고 가끔 여행을 간다. 자연과 하나 되어 셀카를 찍어 내면 아이에게도 보여 주고 흐뭇한 미소도 지어 주기도 한다. 때론 내 속에 울고 있는 아이가 울면 왜 우는지 묻지도 않고 눈물 나면 눈물 나는 대로 그냥 흐르게 내버려둘 때도 있다. 홀로 운전을 할 때도 길을 걸을 때도 말이다.

그리고 시간이 흐르면 이 아이는 분명히 울었던 이유를 나에게 가르쳐 준다. 그리고 감사 인사도 잊지 않는다. 울게 해 줘서 너무 고맙다고 말이다.

이것이 우리가 평생 돌봐야 할 '사연아이'이다.

이 아이를 발견하고 사랑하는 일이 치유이다. 체계화된 왕도가 없다. 복잡하거나 어렵지도 않다. 학제화된 논리와 철학적 분석이 내적강화의 큰 동기화는 될 수 있어도 회복에는 미치지 않는다. 다른 영역이다. 잘못 접근하는 순간 치유는 정지되고 사연아이는 꽁꽁 숨어 버리고 만다. 쉽게 말해 부모가 자기 자식을 만나는 일이다. 투박하고 세련되지 않아도 사랑한다는 눈물 섞인 어미의 말 그 한마디라면 언제든지 상처로 굳어버린 자식의 가슴팍은 녹고 만다. 어느 누가 어미 가슴에 젖을 분석한다고 분석할 수 있겠는가? 이것이 사연아이를 통한 치유코드이다. 그 어떤 논리와 분석으로 해석되지 않는 코드 말이다.

치유의 문은 오로지 거짓 없는 사랑과 수용만이
열수 있는 결정체이다.

우리 마음속에 존재하는 아이는 시기별로 여럿이 될 수 있다. 상처와 결핍과 상실이라는 옷을 입고 마음 깊숙이 시기별로 자리 잡고 있다. 발달 시기에 따라 성장이 멈춰 버린 채로 말이다.

이러한 내면에 존재하는 아이들이 해결되지 못한 사연을 품고 여전히 살아간다면, 현재 살고 있는 자아는 언제든지 시들고 약해질 수 있는 원인이 된다.

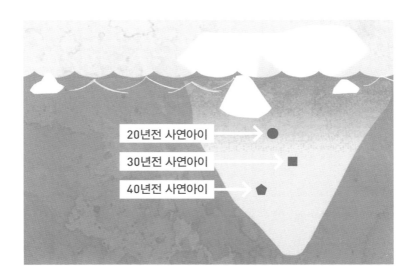

마음 훈련에서는 단계별로 실행해 줘야 할 기름칠 같은 작업이 있다. 흔들림의 단계에서는 용기(Courage)를 불어넣어 줘야 하고, 아파함의 단계에선 자각(Awareness)을 통해 깨달음을 얻게 해 줘야 하고, 비워짐의 단계에서는 반드시 재경험(Re-experience)을 통하여 실행해 주어야 계속 치유 사이클로 돌아가게 된다. 이것이 '셀프 마음 치유 원리'이다.

치유 사이클

시작

'내 안에 사연아이들이 존재하는구나.' 하고 인식하면서부터이다.
(내면의 소리들을 들으면서 알아차림) ⋯▶ '흔들림'
※ 현재 자아가 해 줘야 하는 일: 스스로의 마음속에 용기를 불어넣어 줘야 한다.

만남

(자아 훈련을 통하여 사연아이와 대화하기) ⋯▶ '아파함'
※ 현재 자아가 해 줘야 하는 일: 자각을 통해 깨달음을 얻게 해 줘야 한다.

돌봄

(막혔던 슬픔이 올라오고 쌓였던 사연이 올라와서 분리됨) ⋯▶ '비워짐'
※ 현재 자아가 해 줘야 하는 일: 재경험을 통해 비로소 양육이 된다.

이 셀프 치유 과정을 통하여 훈련되면 내면의 상처와 결핍, 그리고 아픔을 가장 빠르게 회복해 나갈 수 있으며 타인에게도 적용할 수 있다.

우리가 반드시 돌보고 독립해야 할 사연들의 범위는 대부분 어린 시절 해결되지 못했던 사연들이라고 보면 된다. 시기별로 겪어 왔던 온갖 상처들(학대), 각 시대마다 부모와 가족, 주변인으로부터 거절당한 사건들, 출생에 대해 환영받지 못한 절망의 기억들, 애착의 대상을 잃어버린 상실의 끔찍한 사건들이다. 이 사건들이 내면에 아이와 결합되어 돌봄을 기다리고 있는 것이다. 그래서 당신이 이 사연아이에게 귀를 기울여 산다면

- 사람들이 왜 슬퍼하는지,
- 불안이 어디서 오는 것인지,
- 아픔이 도대체 왜 계속 만들어지는지,
- 왜 사람들이 인간관계에 실패하는지,
- 왜 잠이 안 오는지,
- 왜 눈물이 많은지,
- 왜 타인을 바라보고 집착하는지,
- 왜 성공과 보이는 화려함에 목을 매며 살아가는지,
- 내 자녀들은 왜 반드시 성공해야 하는지,
- 왜 나는 멋진 왕자님(공주님)을 지금도 기다리고 있는지,

얽히고설킨 인생사의 문제들이 서서히 윤곽을 드러낼 것이다.

어린 시절에 형성된 사연들은 정말 잘 양육되어야 한다. 유아기·유년기에 부모와 그 주변 인물에 대하여 잘못 형성된 애착과 감정들은 모두 사연이 되어 이 아이가 품고 있기 때문에 '사연 돌봄'과 '사연 독립'의 작업으로 이 아이를 양육해야 한다.

누군가에게는 억압되고 무감각적으로 덮여 있는 과거라 하겠지만, 자아가 성숙으로 향하고 커다란 자아 만족을 일궈 낼 생각이라면 반드시 간과해서는 안 되는 부분이다. 프로이트가 연구한 정신분석 중에도 어렸을 때 부모와의 갈등이 제대로 해결되지 않으면 성인이 되어서도 그 갈등이 계속되고 급기야 인격장애로 발전할 수 있다는 내용이 있다.

우리 모두는 어린 시절 각 시기마다 지극히 정상적이고 당연시된 욕구들을 품고 있었다. 이러한 욕구들이 보호와 사랑, 양육의 울타리 안에서 충분히 채워지지 않았을 때 시기별로 사연 아이들이 만들어지고, 시기별로 양육과 사랑 그리고 돌봄의 부재로 성장이 멈췄던 그 아이는 그 상태로 어른이 되어 버린다. 바로 성인기에 접어드는 것이다. 이러한 아이를 가리켜 '성인아이(Adult Child)'라고 부른다. 마음에 사연아이를 품은 채로 몸은 성인이 된 상태를 말한다. 대부분 이러한 성인아이는 그 시기부터 '결핍과 돌봄의 부재'라는 옷을 입은 채 자라지 못하는 것이다.

이 세상에 태어나 제대로 된 부모를 만나 어린 시절을 보낸다는

마음 명작

것은 정말 축복일 것이다. 그러나 이 땅의 모든 아이들이 제대로 된 부모 아래 양육을 받아야 함에도 불구하고 그렇지 못한 아이들이 참 많다. 얼마나 가슴 아픈 일인지 모른다.

이러한 성인 아이는 내면에 아픈 아이를 품고 있기 때문에 '누군가가 나를 또 아프게 할 수 있겠구나.' 생각하고 온갖 심리적 전술과 방어(Defense)를 만든다. 자신을 알아주지 않고 받아들여 주지 않음에 미치도록 괴로워하고 심지어 걷잡을 수 없이 누군가에 집착하고 타인에게 끊임없이 고통을 주기도 한다.

사연을 품은 성인아이의 특징이 있다.

- 무엇이 정상적인 행동인지에 대해 혼란스러워 한다.
- 처음 계획한 것을 끝까지 이행하는 데 어려움을 겪는다.
- 진실을 말할 수 있을 때에도 거짓말을 한다.
- 자신을 무자비하게 비판한다.
- 스스로 재미있는 시간을 보내는 데 어려움을 느낀다.
- 자기 자신을 너무 심각하게 받아들인다.
- 친밀한 관계를 맺기가 어렵다.
- 자신이 통제할 수 없는 변화에 대해 과민 반응을 보인다.
- 끊임없이 칭찬과 인정을 받기 원한다.
- 항상 자신이 남들과 다르다고 느낀다.
- 상대가 충성을 받을 자격이 없다는 증거가 분명한 때에도 지나치게 충성한다.

- 지나치게 책임을 지려 하거나 지나치게 무책임하다.
- 매사에 충동적이다.

우리는 내적 힘을 품고 각자의 사연아이의 소리에 귀를 기울여야 한다. 그리고 어린 시절 돌보지 못했던 양육과 사랑, 지지, 관심들을 성인이 된 지금이라도 공급해 줘야 한다. 즉, 그들에게 새로운 부모 노릇을 해 줘야 한다. 그리고 순간순간 들리는 소리를 놓치지 말고 충분히 공감해 주고 슬퍼해 주어야 한다. 가슴 깊이 슬퍼하고 애도해 줄수록 얼음처럼 굳어 있던 아이의 가슴은 물처럼 흘러내릴 것이다. 중요한 것은 충분하게 슬퍼하는 양과 질에 따라 그들에게 사연아이의 아픈 사연도 분리되고 독립된다는 점이다.

그렇게 한번 끌어안아 보자. 누구도 형성해 주지 않았던 이 아이의 울타리가 되어 주자. 당신이 이 아이의 새로운 부모 역할을 해 줄 때, 더 이상 이 아이는

- 당신의 자아를 흔들어 타인에게 기대려 하지 않을 것이다.
- 어떤 대상을 통하여 욕구와 욕망을 채우려 하지 않을 것이다.
- 원인도 모르는 불안도 아침 안개와 같이 사라질 것이다.
- 통제하기 힘든 눈물도 멈출 것이다.
- 순간순간 타오르는 분노 또한 힘이 빠질 것이다.
- 지독한 외로움의 골방에서 나올 것이다.
- 밥맛도 좋아질 것이다.

마음 명작

- 자연이 허락한 바람 한 줄기에도 감사의 눈물을 쏟을 것이다.
- 내 자아의 인식은 가장 창조적이고 혁신적인 긍정과 감사로 물들여질 것이다.
- 그렇게 나는 새로운 자아를 품게 될 것이다.
- 내 속에 울고 있는 아이는 이제 더 울지 않을 것이다.
- 당신과 함께 상상 그 이상의 성과를 만들어 낼 것이다.
- 일평생 당신을 지켜 주는 동반자가 될 것이다.
- 변함없는 지지자가 되어 줄 것이다.
- 한시도 홀로 두지 않는 든든한 친구가 될 것이다.

이제는 알겠는가? 나를 흔들어 대는 소리들을 말이다. 무언가 쫓긴 듯이 내 발을 어디로 끌고 다니는 내 안에 울고 있는 사연아이의 정체를 말이다.

이제 조금씩 점철된 인식의 조각들을 붙여 가며 통찰의 퍼즐을 맞춰야 한다. 마음속 바닥에 침전된 쓰레기들의 정체도 알게 되고, 왜 내가 이토록 흔들리고 아파하고 사는지에 대한 답도 서서히 형상화되어 드러나야 한다. 당신의 의식 속에 말이다.

마음에서 올라온 소리를 듣는 순간부터 마음은 변화된다.
마음이 치유되어 간다는 것은
내 안에 상처 입은 아이가 점점 아픈 사연들과
이별하고 있다는 것이다.

내 마음 길들이기

/

자아가 길들여진다는 것은 정말 흥미로운
일이 아닐 수 없습니다.
신이 지으신 모든 생명체는
길들여지고 훈련됩니다.

자아가 어떻게 길들여지느냐에 따라
더욱 건강한 내적 근육을 만들 수 있고,
치유 사이클의 순환도
잘 돌릴 수 있는 것입니다.

자아 길들이기

자아를 길들인다는 것은 자아를 더욱 힘 있고 폭넓은 인식으로 강화시켜 나가는 것으로, 즉 내가 이끄는 배에 가장 멋진 선장이 되는 훈련이다.

자아와 의식은 뗄 수 없는 관계이다. 그래서 의식을 '자아의식'이라 부른다. 의식이라는 것은 지금 내가 느끼고 있는 모든 심리적인 요소를 말하고, 반드시 자아의 지배를 받게 되어 있다. 자아는 내적 요구와 외부 세계 사이를 중개하는 데 결정적으로 중요한 역할을 하며, 사람들은 이것을 통해 자신을 외부에 표현하고 외부 현실을 인식한다.

앞에서 설명했듯이 우리 내면의 사연 돌봄과 사연 독립이라는 작업을 이뤄 내는 핵심적인 중심에 자아가 서 있다. 이렇게 중요한 자아를 이제 한번 멋지게 길들여 보자. 자아가 어떻게 길들여지느냐에 따라 더욱 건강한 내적 근육을 만들 수 있고, 치유 사이클의 순환도 잘 돌릴 수 있다.

자아가 길들여진다는 것은 정말 흥미로운 일이 아닐 수 없다. 신

마음 명작

이 지으신 모든 생명체는 길들여지고 훈련된다. 여기서 훈련이란 익숙하지 않는 행동과 정서 표출을 익숙하게 변화시켜 내 몸에 자연스럽게 기능하도록 만드는 일이다.

인간으로서 도저히 상상하기 힘든 도전들을 우린 스포츠를 통하여 간혹 보게 된다. 인간의 육체도 운동의 방향대로 길들여지고 근육의 결 또한 고루 형성되도록 만들어졌다. 자아도 마찬가지이다. 반드시 치유 경로를 타고 보이지 않는 곳에서 보이는 것으로 길들여지도록 설계되어 있다.

이것이 마음의 결이다.

나는 가끔 수영을 하러 집 근처 수영장을 찾는데, 수영장 바로 옆에 빙상 연습장이 있다. 그 연습장은 피겨선수 김연아가 어릴 때부터 연습했던 장소이기도 하다. 난 그 빙상 트랙을 보면서 어린 김연아가 작은 체구를 돌리다 넘어지는 모습을 상상하곤 한다.

"저 차가운 얼음 바닥을 무릎으로 식혀 가며 이 아이는 얼마나 넘어지고 다시 일어나기를 반복했을까?" 피겨계의 여왕 크리스티 야마구치(Kristi Yamaguchi)는 김연아의 경기를 관망하면서 "김연아는 마법을 만들어 낸다. 빙판 위의 지배자다."라는 찬사를 쏟아내는 걸 들은 적이 있다. 우리가 알기로도 빙판 위에서 김연아의 연기는 전 세계의 이목을 집중시키기에 전혀 부족함이 없었다.

어떻게 길들여졌기에, 어떤 훈련으로 다져졌기에 우리는 그를 보고 이렇게 감탄하고 있는가? 처음에는 힘들었을 것이다. 하나 하나 단계별 연습을 통해 한 계단 한 계단씩 올라가 지금의 정상에 섰을 것이다.

우리의 자아도 이렇게 훌륭하게 길들여지기 위해선 부단히 노력해야 한다. 그것이 자아 강화 훈련이다. 자아가 약화되면 주변에서 나를 흔들어 대고 아프게 하는 사연들의 지배를 받아 넘어지고 만다. 내적 힘이 빠지면서 결정짓고 지켜 주는 심리적 전략들도 함께 무너진다. 그 자리에 나도 아닌 다른 가아(假我), 즉 거짓 자아들이 나로 둔갑해서 살아간다. 생각만 해도 얼마나 끔찍한 일인가? 그렇게 되면서 일어나는 대표적인 증상이 현상 왜곡과 자기 비하다.

반면 자아가 치유 사이클을 타고 제대로 힘을 발휘하면
여유와 긍정적인 내면을 유지하게 된다.
그러한 자아 열매들을 소망하면서
지금부터 당신의 자아를 멋지게 길들여 보자.

여기에 두 가지를 제시해 보려 한다. 하나는 자아가 평생 짊어지고 가야 할 세 친구들을 달래는 기술과 필자가 연구한 마음 합성 프로그램이다. 그럼 지금부터 하나씩 살펴보자.

가장 멋진 자아로 길들여지기 위해서는 자아를 둘러싸고 있는 세 친구들의 존재를 언제든지 인식하고 관리해야 한다. 이 친구들은 자아와 뗄 수 없는 관계로 잘 관리하면 우월적인 멋진 동지가 되고, 방치하면 순간 내적힘을 떨어뜨리는 적이 되기도 한다.

다시 말한다면 어떨 때는 자아가 온전한 기능을 수행하도록 도와주다가도 어떨 때는 자아를 흔드는 강력한 주범이 되기도 한다는 것이다. 그 대표적인 친구들이 바로 '대상이'와 '충동이', 그리고 '감독이'이다.

이 친구들은 자아를 일평생 흔들고 자기의 영향력으로 물들이기 위해 덤벼들기 때문에 반드시 사전에 알아차리고 적절한 대처를 해야 한다. 이 친구들을 제대로 다스리지 못하면 부적응적인 인간관계로 무수히 타인과의 관계를 악화시키기도 하고, 급기야 인격장애(Personality Disorder) 패턴으로도 발전해 갈 수 있다.

자아를 건강하게 유지하며 산다는 것은 바로 이 친구들 사이에서 확고하게 나를 세워 가며 내 안에 울고 있는 사연아이까지 잘 돌봐주면서 사는 것이다. 그래서 사실 자아는 피곤할 정도로 많이 시달리며 살아가는 가엾은 존재이다. 그래서 날마다 안아 주고 격려해 주기를 게을리 하지 말아야 한다. 한시도 바람 잘 날 없는 내면의 역동들 사이에서 잘 견뎌 주고 버텨 주는 이 귀한 존재를 매일 돌보고 위로하지 않으면 안 된다.

'대상이'라는 친구

자아는 언제든지 타인과 현상에서 관계를 맺기를 원한다. 삶을 살아가면서 관계는 불가피하다. 그러나 자아의 건강성에 의해 언제든지 좋은 관계와 나쁜 관계는 선택되고 구분된다.

자아가 건강하면 대상이라는 친구는 내면의 만족, 즉 성취감과 안정감을 주는 멋진 친구가 되는데 자아가 내적 힘이 없어 약해지면 대상이라는 친구는 위협적으로 바뀌어 버린다. 장시간 현상이라는 압력에 노출되면서 두 가지 현상에 시달리게 된다. 첫째는 끊임없이 타인과 비교하면서 자기를 학대하는 자학이 만들어진다. 자학은 경쟁 구도 속에서 형성되는 비교병 중의 하나로, 자아가 그 기능을 발휘하지 못하거나 내적 힘이 빠지면서 비교 대상들이 강하게 밀려들어 오면서 내면에 고통을 생산하는 증상이다.

둘째는 현상 왜곡이다. 대부분 자아는 소극화되면 자아인식에 악영향을 주게 된다. 건강한 인식의 창이 아닌 왜곡된 인식을 품게 된다는 것이다. 그러면서 보이는 현상의 조류에 의해 이리저리 떠밀려 다니게 된다. 이것을 '정서적 표류 상태'라고 하는데, 이 상태가 오래 지속되면 자아는 본래의 자리에서 이탈해 버리는 즉, 자아 상실 상태가 되어 버린다. 이것은 정체성 상실의 대표적인 증상 중 하나로, 심해지면 인생의 또렷한 목표를 잡을 수 없을 뿐 아니라 내가 나로 살지 못하는 심각한 혼란을 겪기도 한다.

'충동이'라는 친구

'충동이'는 무의식 전반에서 자아를 흔드는 본능적이고 아주 원초적인 친구이다. 이름 그대로 충동 그 자체이다. 세 친구 중 자아를 가장 힘들게 한다. 이 친구의 대표적인 심적 에너지원인 비도덕적이고 생득적인 본능은 자아를 시도 때도 없이 공격하는데, 정말 대책이 안 서는 놈이다. 그 대표적인 에너지원이 바로 공격성과 불안, 성적 욕망, 두려움이다. 이런 본능적인 힘을 동원해서 자아를 흔들어 댄다. 상황에 따라 불안과 두려움을 주기도 했다가, 심하면 공격성과 성적 욕망으로 마음의 구들장을 이글이글 불태우기도 한다.

본래 '충동이'라는 친구는 인간이 태어나면서 지닌 본능적인 에너지원으로서 잘 갈고 닦아야 할 원석 같은 놈이다. 부모의 적절한 양육과 보호, 사랑으로 잘 갈고 닦아서 자아를 가장 살맛나게 이끌어 주는 진정한 친구로 자리 잡게 해 줘야 하는데, 유아기와 유년기의 양육 환경 속에서 제대로 양육되지 못한 채로 억눌려 있게 되면서 늘 기분이 상해 있는 것이다.

'충동이'의 공격성은 부모가 잘 흡수해 줘야 하는 것 중 하나이다. 부모를 통해 잘 성숙된 공격성은 점점 성인이 되어 스스로를 지켜 주는 멋진 분노 대처 에너지로 승화되고, 무고하고 억울한 일을 당해도 숨거나 스스로를 자학하면서 고통받지 않고 당당히 비합리적인 부분들과 직면하면서 건강하게 대처하며 살아갈 수 있게 만드는 큰 에너지로 바뀐다.

성적 욕망은 타인과 내가 전심으로 나를 사랑하는 고유한 정체성과 존재감을 세우는 귀한 원료로 승화된다. 불안은 나를 가장 창조적이고 발전적이며 타인으로 하여금 안정된 정서를 형성시키는 밑거름이 된다.

특별히 불안은 일평생 잘 돌봐 주어야 할 아기 같은 존재이다. 불안이 주는 의미는 상당히 크다. 불안의 또 다른 의미는 누군가가 나의 존재를, 나의 몸을, 나의 생각을 인정해 주지 않고 돌봐 주지 않을 것이라는 생각에서부터 만들어지는데, 유아기에 왜곡된 인식으로 빚어진 큰 생존 덩어리라고 보면 된다.

어릴 적 '충동이'의 불안이 제대로 돌봄을 경험하였다면 성인기의 자아는 상당한 내면의 자율성과 창의성, 안정감을 얻게 되었을 것이다. 그러나 제대로 돌봄을 받지 못하였기 때문에 충동이는 시도 때도 없이 자아의 자리를 차지하면서 여러 형태의 방어, 즉 투사나 비겁한 치환, 박해 불안, 지독한 분노를 표출하며 살아가는 것이다.

그런 '충동이'는 조금만 무시당해도, 조금만 배반당해도 큰일이 날 듯 온몸이 떨리고 상대로 하여금 관심과 사랑을 받기 위해 나도 모르게 방어막을 치는 불필요한 자존심으로 변해 버린다. 그래서 유아기에 충동이의 에너지(공격성, 성적 욕망, 불안감)를 제대로 품어 주지 못한 채 성인이 되면 만나는 이마다 분쟁을 만들고, 관계를 맺는 이마다 아픔을 주고 회피하고 침묵하고 동정을 유발시키고 안 채워지면 공격하고, 본인의 잘못인데 남의 탓으로 돌리며 스스로를 비하하며 발등까지 찍는 피학적 우울까지 달고 살아가게 된다.

언제든지 '충동이'는 자아를 통해 본인의 에너지원들을 표출하고 드러내고 싶은 갈망이 있다. 방심하면 의식을 타고 외부 대처로 표출되기에 반드시 잘 지켜봐야 하고 제대로 관리해야 할 중요한 친구이다.

그럼 '충동이'를 어떻게 길들일 것인가? 이 친구를 길들이기 위해

마음 명작

서는 심적 욕구를 물적 요구로 바꾸는 훈련을 해야 한다. 욕구(慾, Desire)에 중심을 이루고 있는 심적 현상에서 요구화(needs)의 물적 현상으로 승화시켜야 나가야 한다는 것이다.

여기서 심적 욕구는 반드시 자아를 만나 물적 현상(요구화)으로 승화시켜 나가는데, 이러한 심적 욕망이 자아를 통해 요구화로 길들여지는 현상을 '성숙'이라고 하고, 욕구가 욕망이라는 본능 그대로 자아를 뚫고 현상을 통해 표출하는 것을 통제되지 않는 자아, 즉 '미성숙'이라고 한다.

'감독이'라는 친구

이 친구는 특히 규범적이고 양심적이며 도덕성과 완벽성을 가지고 늘 자아를 노려본다. 자아가 현실 원칙에서 방종하거나 탈선하는지 늘 살피면서 말이다. 우리의 자아가 균형감이 있으려면 이 친구의 영향과 도움을 받아야 한다. 그렇게 되면 자아는 절제되고 균형 있는 정말 멋진 모습이 된다. 다른 건 몰라도 '충동이'의 달콤한 유혹에서 건져 주기 때문에 자아를 절제 있게 만들고 심플하게 다듬는 일등공신이다.

그런데 균형이 어긋나서 '감독이'의 힘이 커지면 자아를 끊임없이 훈계하고 엄격한 규율이 지배적으로 바뀌게 된다. 특히 양심 가시로 피가 나도록 계속 찌른다. 아픈 곳만 찾아다니면서 말이다.

문제는 자아가 작아지면 '감독이'는 한없이 확대된다는 것인데, 정신을 바짝 차려야 덜 피곤해진다. 심해지면 꼭 이놈이 진짜 자아라도 되는 것처럼 행동하기 때문에 그렇다. 휴지 하나 떨어져 있는 꼴도 못 보고 헝클어진 머리 모양 하나 용납할 수 없게 된다. 매사에 예민해지고 지극히 규범적이고 원칙적이며 숨 쉬기가 힘들 정도로 자아를 코너로 몰고 가는 것이 취미이다.

마치 풍선에 바람을 넣은 것처럼 언제든지 자아를 빵빵하게 만들어 버린다. 누가 누르면 터질 듯이 말이다. 스트레스에 취약하고 신경이 자주 예민해진다면 '감독이'를 의심해 봐야 한다.

'대상이', '충동이', '감독이'는 당신이 반드시 잘 다루고 관리해야 할 놈들이다. 이 셋은 평생 당신의 자아 곁에 머물 동반자이다. 이 친구들을 어떻게 관리하느냐에 따라 자아는 많은 변화를 가져다줄 것이다. 그러나 이 친구들을 잘못 다루면, 자아는 본래 자리를 이 친구들에게 내어준 채 살아가야 할 수도 있음을 잊지 말아야 한다.

반드시 내적 힘을 품고 멋지게 자아를 강화시켜 나아가야 관계 속에서 큰 갈등과 괴로움은 만들어지지 않는다. 즉, 현실과 대인 관계, 양심과 규범 사이에서 '충동이'가 주는 충동적인 흔들림에 잘 대처하며 살아갈 수 있게 되는 것이다.

자아는 하루아침에 절망에 빠지지 않는다.
다만 알 수 없는 심리적 증상을 모르고 넘어갈 뿐이다.
잘 길들여지고 자아로서 기능을 잘 수행해 나갈 때
비로소 성숙에 이른 것임을 알아야 한다.

마음 명작

성숙과 미성숙의 차이는 고통과 갈등, 아픔과 시련을 바라보는
자아 인식의 척도에 있음을 한시도 잊어서는 안 된다.

마음의 합성 작업

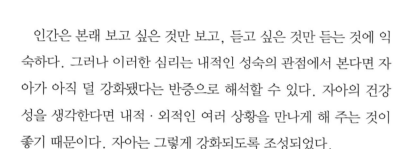

인간은 본래 보고 싶은 것만 보고, 듣고 싶은 것만 듣는 것에 익숙하다. 그러나 이러한 심리는 내적인 성숙의 관점에서 본다면 자아가 아직 덜 강화됐다는 반증으로 해석할 수 있다. 자아의 건강성을 생각한다면 내적·외적인 여러 상황을 만나게 해 주는 것이 좋기 때문이다. 자아는 그렇게 강화되도록 조성되었다.

잘 빚어지고 잘 조각된 자아는 처음부터 그 경지에 올라간 것이 아니라, 예고도 없이 찾아오는 수많은 현실들을 잘 다루다 보니 만나는 현상마다 긍정과 안정감, 자율성을 만들어 내는 기술을 터득하게 된 것이다. 그리고 나면 나중에는 마음 전체를 다스리는 자아 통합의 반열에 서게 되는데, 이것이 바로 내면의 걸작인 것이다.

이러한 기술은 내면에 쌓인 상한 사연부터 시도 때도 없이 형성되어 의식의 중심에 떠다니는 생각들 하나하나를 분류하고 조각하면서부터 시작된다. 그렇게 분류된 양질의 재료들로 다시 마음

마음 명작

이라는 통로로 옮긴 다음, 대상과 현상에 가장 어울리는 최상의 대처 방식을 빚어낸다. 이것이 바로 '마음 합성 기술'이다.

기술은 본래 터득하는 것이지, 간절한 바람만 가지고는 이룰 수 없는 과정이다. 특히 마음 합성은 흔들리고 아파하면서 비워진 환경에서만 형성시켜 나갈 수 있는 내적 기술이다. 다시 말해, 환경이 만들어지지 않으면 양질의 합성은 결코 일어나지 않는다. 여기서 양질의 합성이라는 것은 최고의 인격을 말한다. 내적 재료가 각각의 균형을 맞추면서 하나의 멋진 의식으로 표상화되고, 그 표상된 의식들이 내면의 통로를 지나 외형화로 드러날 때, 자타가 인정하는 최상의 의식, 즉 말, 행동, 감정 표출로 나타나게 된다는 말이다.

그래서 이 과정을 혹자는 연금술에 비유하기도 한다. 멋진 황금의 비율을 만들어 내는 기술 말이다. "나는 긍정적이며 자율적으로 살 거야!"라는 의식을 품는 것도 중요하지만, 그 전에 내가 긍정적인 의식화를 형성시켜 주는 마음 합성 기술이 더욱 중요 하다는 것이다. 마음은 반드시 내적 힘을 기반으로 우월 추구 동기화를 부여해야 실행에 있어서도 좋은 결실을 이룰 수 있기 때문이다.

요즘 요리를 소재로 한 TV 프로그램들이 많다. 이런 현상은 음식을 통하여 마음의 위안과 내면의 새로운 환기를 찾고자 하는 열망으로 해석할 수 있다. 나는 요리사가 정해진 짧은 시간에 한정된 재료로 요리를 만드는 프로그램을 흥미롭게 본 것이 기억난다. 별 재

료를 쓰지 않은 듯 보이는데도 짧은 시간에 현란한 손 기술로 먹음
직스런 음식을 만들어 내어 청중의 입맛을 사로잡는 것을 보았다.

맛있는 요리를 만들기 위해서는 좋은 재료 선별도 중요하겠지만
적절한 양념 배합, 그리고 적절한 손기술이 중요하다. 우리 내면
의 자아도 나와 타인을 위한 멋진 요리사가 아닐까 생각해 본다.

주체적이고 건강한 의식을 생산하기 위해서는
여러 가지 내면의 재료들을 적절한 조합으로
자아의 기교에 맞춰 멋지게 배합하고 합성해야
정말 맛깔스러운 자아 긍정의 요리가 된다.

나에게는 딸이 하나 있다. 세 살 때부터 감정을 가르치고 소통
하기 시작했던 것 같다. 평상시 감정과 정서에 대하여 많은 대화
를 나눈 것들이 딸의 자아 긍정에 상당한 영향을 미쳤다. 그 작은
마음속에 현실적인 악조건의 상황이 펼쳐져도 내면화된 재료들을
조합하면서 자아 긍정이라는 황금 의식을 쉽게 만들어 내는 것을
가끔 보곤 한다.

아이의 정서 훈육은 3세부터 10세까지 특정 시기의 훈련이 정
말 중요하다. 어린아이의 마음 합성은 주로 메시지로 엮어지는
데, 나도 딸에게 감정에 대한 함축적인 단어를 이미지화해서 종종
가르쳤다. 슬픔은 하얀 도화지, 기쁨은 선물상자, 두려움은 새로
운 모험상자와 같은 식으로 마음, 에너지, 감정 등을 부정적이든

마음 명작

긍정적이든 구분 없이 자유롭게 만져 보고 다뤄 보게 하였다. 그리고 심장의 생각, 위장의 생각, 대장의 생각 등 몸속 장기들을 의인화해서 서로 속상한 생각들을 나누는 이야기도 직접 만들어 해 줬다. 자아 인식이 폭넓어지도록 말이다.

이렇게 하였더니, 어떤 감정을 형성해도 두렵거나 불안해하지 않고 기꺼이 수용하고 처리하려는 행동 기제가 만들어졌다. 자아 인식의 자율성이 생긴 것이다. 쉽게 말하면, 부정적인 감정들을 회피하려는 것이 아닌 기꺼이 만나는 힘이 생기더라는 것이다.

대부분 부모들이 아이를 훈육하면서 큰 실수를 범하는 것 중 하나가 바로 '감정편식' 또는 '감정억압'을 꼽을 수 있다. 본인들이 미숙한 감성인식 체계를 갖고 있다고 아이까지 감정의 자유를 누리지 못하게 하여 감정불구로 만들어 버리는 경우이다. "빛음 넷. 가족은 더 이상의 아픔이 아니다" 중에서 세부적으로 다루겠지만, 아동에게는 반드시 느끼고 누리고 모험할 자유가 있다는 것을 한시도 잊어서는 안된다.

우리 인간은 태어나서 성인이 될 때까지 20년 동안 14만 번 이상의 부정적 · 소극적 · 파괴적인 메시지를 듣고 자란다고 한다. 하루 평균 20회 이상 이런 부정적인 메시지의 씨앗이 들어가면, 십중팔구 성인이 되어 말하는 습관 · 행동 · 감정 · 사고까지 부정적으로 물들어 버린다. 그러나 하루 20회 이상 긍정적인 메시지와 공격성을 잘 흡수해 주고 불안감을 잘 보살펴 주고, 성적 욕망을 잘 다스려 분화시켜 준다면 아이의 내적 상황은 안전히 달라진다. 내면에는 적극적이고 건설적이며 창조적이며 청순함과 온유함, 따뜻함의 자아 인식 프로그램이 갖춰지게 된다. 특히 이러한 정서 훈련은 자아가 형성되는 이후, 즉 부모의 품속에서 양육 · 보호 · 사랑을 받고 자라는 특정 시기에 시행되어야 아주 효과적이다.

마음 합성 그 중심에는 자아가 있다. 앞에서도 말했지만 이 자아는 마음 회복에서 너무나 중요한 부분을 차지한다. 반드시 제대로 된 합성을 일궈 낼 때, 자아를 흔들어 대는 그 어떤 아픔에도 흔들림이 없게 된다.

앞에서 언급한 인식화를 통한 자아 강화와 내적 힘, 그리고 자아 행복군 모두 마음 합성의 대표적인 작품들이다. 최상의 황금 비율로 마음이 합성될 때, 그 자아는 거친 바다를 항해하는 멋진 선장이 되어 밀려오는 인생의 문제들, 즉 위기 · 고통 · 갈등의 파도들을 보기 좋게 가르고 항해할 수 있다. 그 선장을 만들고 훈련하는 기술이 이번 장에서 소개하는 마음 합성(Mind Synthetic) 작업이라 할 수 있다.

필자의 마음 합성 프로그램은 스위스 정신분석학자 칼 구스타프 융(C. G. Jung)의 분석심리학에서 연관 지어 추출한 학문이다. 프로이트(G. Freud)가 무의식이라는 세계로 들어가는 입구를 제공했다면, 융은 무의식을 바라보는 시각을 다양화했다는 점에서 아주 큰 의의를 지닌다. 프로이트는 무의식을 억압에 의해 이루어진 부정적인 요소로 간주한 반면, 융은 개인뿐만 아니라 집단의 무의식이라는 또 다른 세계를 가정함으로써 무의식이 오히려 개별적으로 존재하며 창조적인 기능을 발휘한다고 지적했다. 따라서 프로이트가 무의식의 해방을 도모했다면, 융은 무의식과의 화해를 의도했다고 할 수 있다.

1913년의 어느 강연에서 융은 자신의 이론을 '분석심리학'이라고 명명했다. 이는 프로이트의 '정신분석학'이나 블로일러(Eugen Bleuler)의 '심층심리학'과 대비되는 개념이었다. 프로이트가 '개인 무의식'의 규명에 열중했다면, 융은 보편적이고 원초적인 차원의 '집단 무의식'이 있다고 보았다. 여러 심리학자들도 인간의 마음은 여러 층으로 나뉜다고 역설하였는데, 필자 또한 마음의 합성을 이루는 내면의 층(Inner Side Level)을 고안해 냈고 그 재료들이 여러 층으로 나뉜 다음에 마음이라는 통로를 지나 의식과 만나고 자아를 통하여 외형화로 최종 나타나게 된다는 원리를 추출해 냈다.

이 원료들을 분리하자면, 의식의 중심에는 나를 대변하는 자아가 있고, 그 주변에는 내면의 환기의 양을 조절하는 환기통이 달려 있다. 이것을 '공개체(Open Level)'와 '은폐체(Hidden Level)'라 한다. 언제든지 무의식에서 올라오는 합성들의 기제를 열고 닫는 역할을 한다. 그리고 무의식에는 자아의 형질을 결정짓는 중요한 인격체들(양심체, 가면체, 욕망체, 불안체, 왜곡체, 기대체, 외상체)이 있다.

〈표 참조〉

Inner Side Number		LSL (Inner Side Level)	
1	IL	1 2 3 4 5 6 7	Identity Level 자기체
2	OL	1 2 3 4 5 6 7	Open Level 공개체
3	HL	1 2 3 4 5 6 7	Hidden Level 은폐체
4	PL	1 2 3 4 5 6 7	Persona Level 가면체
5	SL	1 2 3 4 5 6 7	Shadow Level 왜곡체
6	CL	1 2 3 4 5 6 7	Conscience Level 양심체
7	DL	1 2 3 4 5 6 7	Desire Level 욕구체
8	AL	1 2 3 4 5 6 7	Anxiety Level 불안체
9	EL	1 2 3 4 5 6 7	Expectations Level 기대체
10	TL	1 2 3 4 5 6 7	Trauma Level 외상체

　융의 분석심리학의 핵심이 '개성화 과정', 즉 자아가 무의식의 여러 측면을 발견하고 통합하는 '무의식의 자기실현 과정'이라면, 필자의 마음 합성 과정은 내면의 재료(Inner Side Level)의 균형을 맞추어 최상의 의식을 빚어내기 위한 작업이라 볼 수 있다.

　이러한 내적 재료들은 서로 연합하면서 의식에 상당한 영향을 준다. 특히 사연이 무의식 속에 억압되면 될수록 자아는 보상을 단단히 치러야 하는데, 이때 내면의 재료가 균형을 이뤄 준다면 자아는 상당 부분 사연 돌봄과 분리, 돌봄에 대한 양육을 쉽게 진

마음 명작

행할 수 있게 된다. 따라서 내면의 재료들을 이해하는 일이 마음의 걸작을 빚어내기 위해 중요한 부분이라 할 수 있다.

그러면 지금부터 각 내면의 재료들을 하나씩 살펴보자. 인간의 인격을 구성하는 대표적인 인격체를 아홉 가지로 구분했다. 이 아홉 가지의 레벨들이 잘 합성되어 균형을 이뤄야 인간의 내면의 걸작을 완성할 수 있게 된다. 이것을 환상적인 '내적 조율'이라 한다.

양심체(Conscience Level)

이 인격체는 앞서 말한 자아의 세 친구 중 '감독이'를 떠올리면 된다. 감독이의 영향력에 대한 레벨이다. 이 레벨의 수치가 높을수록 빨리 피곤해지고 예민해진다. 그 이유는 이 레벨의 수치가 점점 올라갈수록 끊임없이 누군가를 지적하고 판단하는 초양심적인 사고를 품게 되기 때문이다.

중요한 것은 균형이다.
이제부터 소개하는 모든 인격체의 레벨들은 넘치면 독이 된다.

모두 자아가 건강한 인격을 형성하기 위한 보조기능을 맡고 있기 때문에 유연하게 하나하나의 레벨을 조절해 나가는 것이 중요하다. 특히 양심체가 커지면 불안체의 레벨도 함께 끌어올리기 때문에 적절한 인식과 관리가 필수적이다.

기대체(Expectation Level)

이 레벨이 확장되면 본인을 포함해 주위의 가족, 친구, 동료들까지 은연중에 기대감을 품게 된다. 그리고 독특한 나르시시즘(Narcissism)이 형성되어 자기중심적 사고가 타인과 관계 시 지배적으로 나타나기도 한다. 모든 이들이 나를 위해 존재해야 하고, 내 사랑과 관심을 받으려고 많은 이들이 몰려든다는 착각도 품게 된다.

그러면서 형성되는 특징 중의 하나가 바로 비교병이다. 주변에 함께 일하는 동료들과 본인, 심지어 가족까지 '비교'라는 인식의 프레임 속에 던져 놓고 살아간다. 끊임없이 환상적인 기준을 갖다 대면서 그것에 못 미치면 심각하게 못 견뎌 한다. 심하면 폭언과 폭력까지도 저지르게 된다.

특히 이 기대체가 높은 사람들은 현실 불만족을 심각하게 품기 때문에 스스로를 숨도 못 쉬게 자학하고 가족들까지도 힘들게 한다. 계속 잔소리를 한다든지, 끊임없이 주변과 타인을 탓하며 살아간다. 풍선의 바람처럼 언제든지 터지기 위해 준비한 듯이 행동한다. 급기야 본인의 허무한 기대감을 채우지 못하게 되면서 심한 우울에 빠지기도 한다.

기대체가 높으면 유발되는 현상이 하나 더 있는데, 그것이 바로 통제와 조정이다. 끊임없이 바꾸려고 하는 병이다. 내가 일하는 직장도 내가 만나는 이성도 내가 함께 사는 남편(아내)도 심지어 아이들까지도 집도 차량도, 입고 있는 멀쩡한 옷까지 바꿔야 한다. 끊임없는 공상에 시달리고, 바꾸지 않으면 시대적으로 뒤쳐진다

마음 명작

든지 심각한 일이 생긴다는 불안감에 휩싸이기도 한다. 그래서 이 기대체는 결코 방심해서는 안 되는 놈이다. 반드시 자아가 정신을 차리고 감각을 세우고 있어야 한다.

그러나 반면에 기대체를 잘 관리하면 단기간에도 엄청난 효율을 발휘하기도 한다. 즉, 허구적인 공상이 아닌 실행 가능한 목표만 잡는다면 우월적 동기화를 만드는 상당히 좋은 원료로도 사용될 수 있다.

가면체(Persona Level)

페르소나(Persona)의 그리스 어원 '가면'에서 비롯된 인격체이다. 쉽게 말하면 '나에게 보이는 나'가 아니라 '남에게 보이는 나'라는 것이다. 이 레벨은 사회생활을 하면서 사회가 원하는 모습으로 길들여지고 적응되어 가면서 형성된 인격체이다. 쉽게 말한다면 집단 안에서 소속된 구성원이 외부 세계가 요구하는 모습을 보여 주려고 몸부림치면서 서서히 자라난다. 그러다 나중에는 집단 속에서 생존하기 위해서 완전히 굳어진 인격체로 살아가게 된다.

이 인격체는 실제 사회에 적응하고 생존하기 위해 만들어진 인격체라서 제거되거나 동화될 대상이 아니라 사회생활을 영위해 나갈 때 없어서는 안 되는 중요한 수단이므로 반드시 자아와 구별하면서 이를 통해 균형 잡힌 외부 세계를 유지해 간다면 상당히 유용하게 쓰인다. 그러나 가면체의 레벨이 높아지면서 적절하게 조절 못하면 내적인 공허감은 상당 부분 커져 버린다. 그 상태로 관계를 맺게 되면 참다운 인격적 만남이 이루어지지 않는다.

가장 참다운 인격적인 만남이 되려면 가면체의 레벨을 낮추고 참 자아(Real Self)와 참 자아(Real Self)가 만나야 한다. 이때 정서적 교류는 높아지고 인간관계도 깊어진다. 그런데 나의 참 자아와 상대의 가면이 만나면 수용받기는커녕 왜곡되고 만다. 그 이유는 생존에 의한 실리적 인간관계로 인해 진심을 나누기보다는 이익에 의한 관계로 형성되는 경우가 더 많기 때문이다. 더욱 오랫동안 친밀한 관계로 발전시키려면 이 가면체를 균형 있게 조절하는 것이 중요하다.

이 레벨을 균형적이고 안전하게 조절할 수 있는 곳이 있다. 바로 가정이다. 부부나 가족 간에는 이 가면체의 레벨이 높을 이유가 없기 때문에 적절한 조절 능력을 배양할 수 있는 최적의 환경으로 꼽는다.

가정은 내 자아를 돌보고 아픈 사연을 분리하고
양육하는 장소이기 때문에 최적의 치유 환경이라 말한다.

그러나 반대로 가정에서 울타리의 요소가 갖춰지지 않으면 상처를 가장 많이 받는 장소가 될 수 있으니 명심해야 한다. 울타리의 조건은 무비판적인 인식과 무조건적인 사랑, 무조건적인 수용이 형성되어 있어야 한다.

어느 시인의 말처럼 가족이라는 것은 가장 유치한 사람들이 만

마음 명작

나서 가장 치사한 일을 만나도 끝까지 실망하지 않으며 걸어가는 것이라 했듯이, 참 자아와 참 자아의 만남이 결국 양육으로 나아가는 길이다. 그래서 가정이 행복하려면 바로 상대의 참 자아의 모습, 때론 유치스런 사연들부터 아픈 사연들까지 웃어 주고 울어 주는 공간이 될 때 행복한 가정이 만들어진다. 그리고 가정에서 이 가면체를 얼마나 조절하느냐에 따라 행복의 척도 또한 달라지므로 상당히 중요한 부분임을 인식해야 할 것이다.

그리고 이 가면체의 레벨은 올릴 때와 내릴 때를 정확히 인지해야 한다. 남에게 보이는 나로 적응되어 살아왔다면, 습관처럼 가면체의 레벨은 높아져 있을 것이다. 마음의 고통도 감수하면서 말이다. "나의 이런 모습을 보면 타인은 어떻게 생각할까?" 항상 이런 의식에 사로잡혀 다니기 때문에 가까운 곳에 잠깐 나가는 것도 꼭 화장을 하고 립스틱을 발라야 할 정도로 맘 편히 외출도 못했을 것이다.

이 모든 것들이 가면체의 결과라 보면 된다. 여기에서 화장을 하는 것이 건강치 못하다는 것이 아니라 두께의 문제이다. 내적인 자아를 제대로 돌보면서 살아간다면, 굳이 화장의 두께는 두꺼울 필요가 있겠는가 말이다.

이 인격체의 레벨은 높으면 높을수록 남에게 보이기 위해 몸부림친다. 여기서 중요한 것은 남에게 잘 보인다는 것과 남을 위해 사는 것은 전혀 다른 의미이다.

사회적 지위나 인기를 먹고 사는 이들, 특히 연예인들은 이 레벨의 균형감이 정말 중요하다. 이 가면체가 확장되면 진짜 나의 참 자아는 숨어 버리기 때문이다. 그렇게 되면 정작 본인의 자아가 뭔지도 모르는 상태에까지 이르러 심각한 정체성 혼란을 겪게 된다. 그것이 우울의 초기 증상이라 할 수 있다.

이러한 레벨이 너무 낮거나 너무 높으면 반드시 조절하는 훈련을 통해 밸런스를 맞춰야 한다. 본인의 가면체의 정확한 레벨을 측정한 다음 서서히 가면을 벗고 내면에 있는 참 자아를 만나야 한다. 여기서 명심할 것은 가면체는 절대 벗어 없애는 것이 아니라 구별 짓는 것이 중요하다는 사실이다.

가면체뿐 아니라 내적 재료로 쓰이는 모든 인격체들이 다 그렇다.
결코 부정적으로 봐서도, 문제 인식의 관점으로 봐서도 안 된다.
그야말로 최상의 인격체를 빚어내기 위한 재료일 뿐이다.

결단코 없애는 것이 아니다. 적절한 레벨, 즉 각자의 자아 인식에 맞는 적절한 레벨을 유지할 때 최상의 의식이 나오기 때문에 인격체들을 완전히 소멸시키는 것은 아니라고 이해했으면 좋겠다. 이 인격체를 완전히 없애 버린다면 히스테리와 같은 정신질환으로 이어지기 때문에 본인에 맞는 적절한 조절이 정말 중요함을 강조하고 싶다.

왜곡체(Shadow Level)

이 인격체는 내면의 층에 들어 있는 재료 중에서 자아가 만지고 돌보기 가장 힘든 영역에 자리 잡고 있다. 융의 관점에서 볼 때 의식을 빛이라고 한다면, 의식의 바로 뒷면에 있는 아직 의식화되지 못한 어두움의 부분, 즉 그림자(Shadow)와 유사한 인격체이다. 우리 내면의 인격체 중에서 자아 인식을 상당 부분 부정화시키는 주범이며, 레벨이 너무 높으면 왜곡된 사고방식과 매사에 부정적인 인식으로 살아가게 된다.

이 인격체는 자아의 어두운 면에서 활동하고 있고 늘 자아에 배척 대상이 되는 인격체이다. 자아에게 배척당한다는 것은 다른 인격체와는 달리 지나치게 자아를 물들이는 성질이 강하다는 의미로 해석할 수 있다. 자아가 하얀 손수건이라 치자. 그 손수건에 아주 작은 검정 잉크만 떨어져도 아주 또렷하게 보이듯이 이 인격체 역시 작은 검정 잉크와 같다. 자아를 순간적으로 부정으로 물들이는 밀도 높은 성질의 인격체이기에 잘 관리해야 한다.

다른 인격체들처럼 이 인격체 역시 적절하게 잘 다루고 활용한다면 자아 인식의 객관적인 지표로 유용하게 사용된다. 쉽게 말해, 적절한 부정을 인식해야 긍정을 빨리 알아차리게 된다는 것이다. 밤이 있어야 낮을 이해할 수 있고 거짓의 본질을 알아야 진실을 제대로 알 수 있듯이 슬픔과 절망을 충분히 누리고 만져야 참다운 기쁨과 보람을 만질 수 있다.

우리의 자아가 반드시 기쁨을 느끼려면
절망과 고통의 바닥을 쳐 봐야
기쁨을 기쁨답게 누릴 수 있다.
흔들리고 아프다는 것은 철저한 밤을 지나는 과정일 것이고,
비워진다는 의미는 동트는 새벽을 암시하고,
아침은 회복을 의미한다.

이 인격체의 레벨이 현저히 낮아질수록 우리의 자아는 현실 그대로를 보고 믿어 버려 훨씬 많은 실수와 오류를 범할 수 있다. 이 인격체의 본래 기능이라면 대상과 현상을 마주한 자아가 최대한 현상의 덫에 빠지지 않도록 적절한 제동을 걸어 주는 데 있다. 그래서 어떤 일이 있어도 이 인격체를 망각하지 않고 인식하고 있어야 고장 난 브레이크를 달고 달리는 자동차가 되는 길을 최소한 막을 수 있게 된다. 이처럼 우리의 마음은 내적인 인격체들을 인식하는 대로 외형화로 피어난다.

결혼할 상대를 찾아 주고 만나게 해 주는 업종이 요즘 뜨고 있다. 그만큼 결혼은 인간이 누릴 수 있는 최고의 축복일 것이다. 그런데 현실은 그렇지 않다. 본인의 짝을 제대로 고르지 못한 결과일까, 매년 대한민국의 이혼율은 심각한 수준에 이르렀다. 이런 현상은 왜곡체를 인식하지 못함에서 비롯된 것이라 볼 수 있다. 친밀감의 욕구로 인해 누군가를 만날 때는 반드시 이 레벨의

마음 명작

불을 켜야 하는데 망각하고 마는 것이다. 그렇다고 레벨을 너무 올리면 부정적인 사람으로 인식될 수 있으니 조심해야 한다.

　우리의 자아가 왜곡체의 제동장치를 사용해야 하는 또 다른 이유는 자아가 감기와 같이 자주 걸리는 병 '환상적인 유착' 때문이다. 이 말은 심리학자인 로버트 파이어 스톤(Robert Firestone)이 소개한 것으로, 인간은 감정적인 필요가 충족되지 못할 때면 타인이나 과거의 경험, 그리고 특정한 물건에까지 환상적인 유착 관계를 형성하게 된다는 것이다.

　즉, 생존에 의한 자아 활동의 대부분이 무언가 필요에 의해 이곳, 저곳, 이 사람, 저 사람 등 사막의 신기루 같은 환상을 좇는다는 것인데, 특별히 간과하지 말아야 할 것 중의 하나이다. 자아가 이러한 환상적인 유착을 품게 되면 소개팅을 나가든 직장에서 누구를 만나든 내 앞에 앉아 있는 이 사람이 내 결핍의 모든 부분을 채워 줄 수 있을 것 같은 착각(Illusion)도 서슴없이 하게 된다.

　처음 맞닥뜨리는 모든 현상은 왜곡체의 인식을 통하여 정신을 바짝 차리고 대하여야 한다는 점을 명심하길 바란다. 일, 이성, 직업, 모임, 종교, 교육 등 초기에 닻 내리기 효과(Anchoring Effect)로 형성된 신념 체계이므로 항상 조심해야 한다. 적절하게 제동을 걸지 않으면 반드시 '실망'이라는 충돌을 모면할 수 없을 것이다.

　이 레벨의 수치는 100%를 가정했을 때, 처음 맞닥뜨린 모든 현상과 30~50%를 유지하다가 안정되면 30%로 낮춰야 한다. 너무 올려서 살아가면 매사에 부정적인 인식으로 살게 되어 몹시 피곤

할 수 있기 때문에 자아인식의 감각을 늘 세우고 있어서 왜곡체가 높다고 생각되면 반드시 균형 있게 조절해야 한다.

일시적으로 낮추기 위한 최고의 방법을 하나 꼽으라 한다면 바로 '최대한 타인의 장점만 보기'이다. 타인의 단점이 먼저 인식되어 올라와도 무시하고 무조건 좋은 점만 보려고 하면, 이 레벨은 금세 낮아진다.

그리고 왜곡체와 유사한 내면의 재료가 있다. 그것은 개인의 무의식에 들어 있는 '아니마(anima)'와 '아니무스(animus)'이다. 이것은 무의식에 잠재된 내적 재료로서 남성의 무의식 속에 잠재된 여성적 요소를 '아니마(anima)', 여성의 무의식 속에 잠재된 남성적 요소를 '아니무스(animus)'라고 부른다. 아니마는 남성 마음속의 모든 여성적인 심리 경향을 인격화한 것으로 대개 어머니에 의해 형성되고, 아니무스는 여성 마음속의 남성성으로서 여성에게 있는 무의식이 인격화된 것이다.

이들은 모두 긍정적인 부분과 부정적인 부분을 함께 가지고 있다. 아니마의 긍정적인 부분은 남성의 마음을 참된 내면의 가치와 조화시키면서 보다 깊은 내적인 곳으로 이끌어 간다는 점이다. 아니무스의 긍정적인 부분으로는 기획성, 용기, 진실성, 그리고 정신적인 깊이를 인격화할 수 있다는 점을 들 수 있다.

마음 명작

욕구체(Desire Level)

이 인격체는 자아의 세 친구 중 '충동이'에 의해 비롯되는 인격체로, 앞에서 설명했듯이 생득적인 본능의 에너지원으로 비도덕적인 충동을 품고 있으며 공격성과 불안과 성적 욕망에 대한 갈증을 항상 느끼게 만든다. 이 레벨이 높다는 것은 양심체의 기능이 저하된 부분으로 봐야 하는데, 자아가 성숙으로 가지 못하도록 발목을 붙잡고 있으면서 자아 통제와 조절 기능을 상실시키는 인격체이다.

그러나 이 기능과 자아의 균형감이 제대로 유지되면 자아는 가장 살맛나고 멋진 삶을 살아갈 수 있다. 하지만 반대로 욕구체의 레벨이 소극화되면 억압(Repression)이 만연화되어 무서운 신체화장애(Somatization disorder)로 이어질 수 있기 때문에 반드시 이 인격체의 레벨을 조절하는 훈련이 필수적이다.

이 밖에도 불안체(Anxiety Level)와 외상체(Trauma)가 있다. 특히 이 인격체들은 충동적이고 원초적인 심적 에너지들을 극대화시켜 자아를 흔들고 조정하는 무서운 놈들이다. 특히 가족에서 비롯된 양육의 부재로 인해 더욱 강화되기도 하는데, 성인기에 접어들어도 여전히 떨쳐 버릴 수 없는 인격체들로 반드시 내면의 힘이 있어야 양육하고 치유해 갈 수 있는 인격체들이다. 궁극적으로 보면, 무의식에 사연 하나하나의 껍질을 벗겨 보면 이 불안체와 외상체의 흔적을 볼 수 있다. 어떻게 다루고 양육하는가에 관해서는

"빚음 다섯"과 "빚음 여섯"에서 자세히 소개하겠다.

> 이러한 내면의 재료들은 각자의 고유한 사연과
> 하나가 되어 균형감 있는 레벨로 맞춰진다.
> 그리고 나를 결정짓는 자아와 만나
> 최종 대상을 향해 말과 행동으로 표출된다.

이러한 작업은 음향장비 중 음향조절기(Equalizer)와 아주 흡사하다. 일명 'EQ'라고도 하는데, 가장 듣기 좋은 목소리를 믹싱해서 멋진 음반으로 만드는 데 쓰이는 아주 유용한 음향기기이다. 이 장비를 활용해서 모든 소리를 가공하고 그렇게 가공된 소리는 최종적으로 앰프 장치를 통해 증폭되어 스피커를 통해 나오는데, 출력을 높이면 크게 나오고 출력을 낮추면 작게 나온다.

내면의 재료들을 혼합한 단계를 'EQ 시스템'이라 한다면 앰프의 출력을 통해 스피커의 육성으로 나오는 현상을 내면의 재료 중 공개체(Open Level)와 은폐체(Hidden Level)로 비유할 수 있다. 아무리 멋진 소리로 합성하고 레벨을 맞추면 뭐하겠는가? 바로 앰프와 스피커가 없다면 감흥을 제대로 줄 수 없을 것이고, 타인을 설득할 수도 없을 것이다. 이 레벨은 최종 합성된 마음의 재료들을 얼마나 외형화로 멋지게 오픈하느냐 은폐하느냐의 최종 관문이다.

아무리 좋은 제품일지라도 마지막 포장에서 망친다면 그 상품은 극상품이 될 수 없을 것이다. 마지막의 작은 공정이 전체의 공

마음 명작

정을 뒤집을 수 있기 때문이다. 마음 합성 작업도 의식으로 나가는 마무리 단계에서 균형을 잃어버리면 자타가 인정하는 의식이 되기 힘들다.

이 인격체들은 건강한 나다움을 세우는 데 큰 역할을 하고 자아 성숙의 큰 척도가 되기 때문에 간과하면 일생일대 큰 과오를 남기기도 한다.

문제는 나는 과연 얼마를 열 것이냐,
아니면 언제까지 닫고 살 것이냐 하는 것이다.

나는 그동안 마음이 아픈 이들을 치유하면서 이 마지막 관문에서 헤매는 이들을 참으로 많이 보았다. 무엇보다 멋지게 살아온 인생이고 절제와 균형감 속에 내면을 지켜 왔다 해도 결국 이 앞에서 무너졌다. 이 공개체와 은폐체의 기로에서 말이다.

자아 인식이 수집된 정보들을 공개체에서 열어 버리면 상당 부분 내 자아의 상황과 감정도 동시에 오픈해 버리고 만다. 굳이 타인에게 공개하지 않아도 될 사연들까지도 말이다. 그래서 이 레벨이 확장된 사람들은 후회를 반복하게 되고 "조심해야지" 하면서도 또 되풀이하는 습성이 생겨 버린다.

공개체의 레벨이 큰 사람들은 대상을 통해 내면에서 올라오는 기제들과 사연들을 무조건 공개해야 직성이 풀린다. 즉, 공개하지 않는 사실도 열고 만다. 공개체의 척도를 100%로 본다면 가장 이상적인 척도는 60%이다. 즉, 10개 중 6개만 열고 4개는 담아두고 내면의 성찰을 위해 보관해야 한다. 김치도 맛을 더욱 내기 위해 숙성의 창고에서 보관하듯이 마음에도 숙성 기간이 필요하다. 10개 중 4개는 마음의 숙성고에 담아야 한다.

내면의 성찰을 통하여 숙성시킨 말 한마디가 나와 타인을 살리는 유익한 것이 되는데, 그와 달리 덜 성화되고 숙성된 기제들을 조절 못하여 오픈하게 되면서 스스로 고통을 받게 되는 상황이 되어 버리는 것이다. 그것이 바로 공개체의 덫이다. 이 덫에 빠지면 대부분 입이 간지러워서 견디지 못한다. 즉, 열 가지의 사연이 전부라면 스무 가지, 삼십 가지를 열고 만다. 그럼 열 가지 그 이상의 사연은 어디서 만들어진 것일까? 소설이라도 쓴 것일까?

그렇다. 주변에 검증되지 않은 인식들이 대부분이다. 상당 부분 왜곡된 정보일 가능성이 많다. 예를 들면, 검증되지 않은 타인의 관한 얘기들, 특히 타인의 단점이라면 더욱 공개할 맛이 난다. 그리고 또 하나는 본인의 인식 왜곡으로 만들어진 내면의 공기들이다. 즉, 현실과 동떨어진 공상들이다. 인간은 이러한 공상들을 꺼내고 싶은 욕망이 있다. 바로 공개체 때문이다.

그렇다면 넘치게 꺼내고 싶은 이유는 무엇일까? 가장 큰 이유를 꼽으라면 바로 정체성 문제이다. 이것을 '표류된 자아상'이라고 하는데, 이 증상은 여러 가지로 분류할 수 있겠지만 그중 대표적인 심리기제 하나가 '내가 존재한다는 사실을 항상 드러내고 싶어 한다는 것'이다. 인간은 스스로 존재한다는 사실을 사실로 보

마음 명작

아주는 사람이 나타나기 전까지는 존재하지 않고, 우리가 하는 말을 이해하는 사람이 나타나기 전까지는 제대로 말하는 것이 아니고, 사랑을 받기 전에는 온전히 살아 있는 것이 아니라고 말하는 것처럼, 인간을 포함해 살아 존재하는 모든 것들은 드러냄에 목말라 하고 있는 것이다. 문제는 조절능력을 갖추느냐 못 갖추느냐에 의해 성숙의 판도가 갈린다는 점이다.

즉, 건강하게 드러냄의 기능을 상실하게 되면 현상만 좇아 상대의 이목을 집중시키기 위해 갖은 노력을 다해 공개체를 확장시킨다. 때론 바보 흉내도 불사하고 본인을 종잇장처럼 구기기도 하면서 말이다.

내면의 허기가 깊을수록 공개체의 레벨은 확장된다.

자아가 상한 이들의 공통적인 착각은 이 공개체만 부지런히 열면 본인을 세우고 타인에게 인정받을 수 있다는 착각을 한다. 그래서 이 레벨이 높을수록 각종 모임에 등록하는 경우가 많은데, 그 본질은 드러냄의 목마름이라는 사실이다. 건전한 동호회나 모임을 가입하는 것도 좋지만, 먼저 본인의 공개체를 인지한 다음 가입해야 오랜 기간 유지할 수 있는 것이다.

그리고 한 가지 주의해야 할 것이 '이욕화된 헌담'이다. 본인을 세울 수 있는 일이라면 온갖 가면과 거짓과 공상들을 동원해 오로지 '보이는 나'에 초점을 맞춰 매달리게 되면서 누구든 무고하게 거짓으로 에워싸며 진실을 왜곡시키기는 비겁한 심리기제이다. "그래, 이 정도 열면 나를 사랑해 주고, 이 정도 오픈하면 나를 인정해 주고, 나의 존재를 세워 주겠지", "그래, 이런 폭탄 같은 발언을 했으니 모두 나한테 관심을 쏟겠지!"라며 말이다.

그러나 착각하지 말아야 한다. 단순 내면의 숙성 과정 없이 공개체만 오픈한다고 해서 나의 표류된 자아상을 정착시키기엔 역부족이라는 사실을……. 일시적으로 타인이 공개체로 인해 눈감아 줄 수는 있어도 결코 진실이 아님을 알아차려 결코 오랫동안 친밀한 관계로는 발전할 수 없게 된다.

몇 년 전, 대구에서 마음 치유 세미나를 진행할 때의 일이다. '상처와 사연'이라는 시간에 30대 중반으로 보이는 어느 한 청년이 고백하기 시작했다.

"저는 죄인입니다. 저를 용서하여 주세요.
저는 지금의 여자 친구를 만나기 전에 사귀던 여자가 있었습니다.
5개월 동안 동거도 했습니다. ○○아, 정말 미안하다. 용서해 줘!"

나를 포함해 참석한 모두가 놀랐지만 그중에 얼굴이 빨개지면서 가장 당황한 한 청년이 있었는데, 바로 결혼을 약속한 여자 친구였다. 순간 자리를 박차고 나가 버렸고 그 길로 돌아오지 않았다. 그리고 나중에 알아보니 두 사람은 결혼을 취소했다는 얘기를 들

마음 명작

었다.

공개체의 레벨을 조절하지 못해서 일어난 일이었다. 이 인격체의 레벨이 확장되어 있는 사람들의 또 다른 특징은 내가 오픈하고 나서 일어날 상황을 전혀 인식하지 못한다는 것이다. 타인과의 상황을 고려해 비밀은 적당히 보관되어야 함에도 불구하고, 이 잔인하게 솔직한 공개체 때문에 상당 부분 힘들어하게 되는 경우가 많다.

상실된 아픔이 클수록 공개체의 레벨과 가면체의 레벨이 높고 마음이 성숙된 자아일수록 경청과 공감, 그리고 설득을 잘하게 된다.

명심하라! 반드시 자아는 의식의 숙성창고를 만들어야 한다.

그리고 마지막으로 은폐체(Hidden Level)가 있다. 공개체는 열려고 하는 충동이 있다면, 이 은폐체는 반대로 담아두는 성질이 있다. 은폐체란 나만 알고 남은 모르는 일들을 꽁꽁 싸매려는 레벨이다. 남이 모르는 일을 다른 표현으로 '비밀'이라고 하는데, 이 비밀은 속성상 적당히 간직되고 보호되어야 한다. 그래서 이 은폐체의 레벨이 크다는 것은 비밀이 많다는 것으로 볼 수 있다.

우리는 누군가와 함께 살아가면서 마음에 담긴 사연을 나누고 서로를 격려하고 지지하며 또한 지지받으며 살아간다. 그러나 누군가를 만난 지 1년, 2년이 지났는데도 도저히 어떤 사람인지, 가정생활은 어떤지 어떻게 살아왔는지 모른다면, 이 사람은 은폐체의 레벨을 의심해 봐야 한다.

함께 생활하는 시간이 아무리 많고 한 이불을 덮고 사는 부부라 할지라도 은폐체가 지나치게 높다면 표면적인 것만 알 수밖에 없고 점점 진실된 친밀감은 사그라지고 만다. 그래서 은폐체가 많다는 것은 비밀이 많다는 것이고, 특별히 그 자체가 심각한 가족 비밀로 이어질 수 있음을 알아야 한다.

가족이든 개인이든 비밀이 많을수록 그 속에 흐르는 독특한 정서가 하나 있는데 ,그것이 '수치심'이라는 감정이다. 건강하게 드러내려고 달려가는 발목을 붙잡고 있는 대표적인 감정이다. 수치심을 쉽게 설명하자면 "나는 어떤 사람인가?"에서 비롯된 감정으로, 나를 묶는 몹쓸 관점이라고 보면 된다. 죄책감은 내가 한 일에 대한 관점에서 시작되는데, 이게 확장되면 자연스럽게 나를 묶는 몹쓸 관점으로 발전한다. 따라서 은폐체는 결국 수치심의 합성 결과이면서 역기능 가족 사이클 중 가장 깊숙하게 박혀 있는 내적 뿌리이다. 그러면서 정체성 자체를 뒤흔드는 핵심 감정 중의 하나로, 내면의 자존감에 큰 영향을 미치는 감정 체계이다.

대개 인간의 핵심 감정은 분노, 슬픔, 두려움, 수치심 등으로 분류되는데, 이 네 가지 감정은 자아인식에 상당한 영향을 끼친다. 그중 수치심은 자아와 맞닥뜨릴 때마다 떠올리기 싫은 자신의 상태로 몰아가면서 스스로의 존재마저도 거절하게 만든다.

그래서 수치심이 많은 자아일수록 대부분 가족 비밀이 많고, 수치심을 기반으로 가정을 형성한다. 대부분 역기능 가족이라 함은

마음 명작 🌾

수치심이 그 가족의 핵심 감정으로 돌아가는 가정으로, 아무리 시간이 흘러도 부부간이나 부모-자식 간에도 친밀감을 제대로 누리지 못한 채로 살아가게 되고, 의사소통을 비롯하여 갈등 처리 등 전반적인 면에서도 월등히 떨어지고 자녀에게 까지 수치심을 물려주는 악순환이 연속되기도 한다.

그러면 어떻게 이 은폐체의 영역을 줄여 나갈 수 있을까?

그렇다. 오픈해야 한다. 내면의 수치라고 여겨지는 상한 사연들을 건강하게 오픈할 수 있는 환경을 먼저 찾아야 한다. 은폐체가 높은 대부분은 타인을 신뢰하지 않기 때문에 안전하게 나를 지지해 주는 대상과 환경을 형성시켜 주는 것이 대단히 중요하다.

문제는 나눌 장소가 많지 않다는 것이다. 은폐체를 안정적으로 조절하려면 지지해 주고 지원해 주는 안전한 장소, 즉 무조건 용서하고, 무비판적으로 수용하고 경청해 줄 수 있는 곳을 찾아야 한다. 그곳이 가정이라면 더할 나위 없이 좋겠지만, 가족마저도 그런 존재가 되어 주지 못한다면 안전한 처소를 찾아나서야 한다.

필자가 이끄는 연구소에서도 월 1회, 이런 분들을 위한 포럼이 진행된다. 마음 치유 과정을 이수한 분들은 누구나 함께 지지하고 나눈다. 은폐체는 반드시 내면의 공기를 뺄 수 있는 장소가 불가피하기 때문에 개인적 바람에서는 전국적으로 많은 곳에서 이러한 포럼을 진행해 나가기를 바라고 있다. 이러한 그룹 체계는 전 세계

상담 및 심리단체, 종교단체에서도 활발하게 진행되고 있는 울타리 같은 모임이다.

성당에 가면 신부 앞에서 고백성사를 하고, 기독교에서는 기도를 하고, 불교에서는 절을 하면서 자기 마음을 다스린다. 모두 자기 고백을 통하여 스스로의 아픔을 이겨 내려는 의지이다. 그러나 향방 없는 고백과 기도는 자신을 합리화하려는 성향이 강하다고 앞에서 분명히 설명했듯이 기도는 사전에 철저한 내면화를 통한 성찰이 아주 절실하게 요구된다. 그 성찰 과정을 통해서만이 균형이 깨진 내면의 척도들을 만질 수가 있고 자아 고백 훈련을 통해 척도별로 조절할 수 있는 용기와 내적 힘을 길러 낼 수 있다. 그래서 내적 힘이 길러진 자아만이 목구멍까지 차오르는 각종 상한 사연들을 깨끗이 비울 수 있게 되는 것이다.

은폐체는 왜 만들어질까?

이 은폐체가 형성된 뿌리는 바로 가정이다. 유년기를 지나는 아이는 하고 싶은 말이 참 많다. 나도 딸과 대화를 하다 보면 한두 시간은 금방 흘러간다. 정서적 감성 코칭이 참으로 절실하다는 것은 아이의 적절한 감정적 환기체가 되어 준다는 말이다. 즉, 들어줄 가슴이 되어 준다는 것이다.

그런데 은폐체가 많이 형성된 아이들일수록 가족 내에 들어줄 가슴이 없다. 이 아이들은 자기의 사연을 각종 매체나 SNS를 활용해 풀어 보려 보지만 그것도 일시적이다. 정말 못 견디어 뛰쳐

나가는 이들도 많다. 이것이 가출이다. 그래서 가출은 나의 사연을 들어줄 가슴과 귀를 향해 찾아나서는 행위를 말한다. 비단 청소년만이 아니다. 모든 사람이 이 은폐체의 확장으로 인해 힘들어한다.

어렵고 힘든 시기일수록 마음을 터놓을 대상이 없는 현실. 누군가 나를 위해 들어주고 아픔을 만져 줄 수 없는 이 척박한 현실에 우리는 살고 있다. 이런 현실 속에서 우후죽순처럼 자라난 산업이 있는데 바로 '위로산업'이다. 몇 년 전, 나는 문화관광부 기자가 연구실에 찾아와 인터뷰를 요청했을 때 외로움과 위로에 관하여 말했던 기억이 있다.

"겉으로는 잘 살고 있는 듯 보이나,
어쩌면 지독한 외로움에 시달리고 있을지 모르는 사람이
바로 내 가족일 수 있고 내 사람, 내 이웃일지도 모릅니다."

라고 말이다.

사람은 아니지만, 사람처럼 살아 꿈틀거리고 눈도 마주치며 곁을 지키면서 오히려 사람에게 찾지 못한 더 큰 위로가 된다는 애완견의 존재도 어쩌면 위로가 필요한 사람들이 생산한 '위로산업'의 예가 아닐 듯싶다. 호프나 와인을 파는 곳은 물론 커피숍이나 음식점까지 손님과 마주 앉아 라포를 형성하고 그들의 대화 상대가 되어 주는 곳들이 넘쳐나고 있다.

상상해 보자. 한 지붕 아래 수십 년 동안 함께 생활한 가족한테 할 수 없는 내면의 비밀을 일평생 일면식도 없는 이에게 쏟아내는 가슴 아픈 이 현실을……. 이것은 은폐체가 확장되면서 만들어진 '공허감의 환기'일 것이다.

어떤 관점에선 시대가 어려울수록 사람이 중심이 되고 그 속에서 갈급해 하는 부분들을 채워 주어 훈훈하게 자리 잡은 문화 코드로 이해해야 할 것 같지만, 또 다른 관점에선 사람들의 시린 가슴을 겨냥한 '진정성' 없는 공허감의 산물이다. 유혹과 음모가 서려 있다 해도 돈을 지불했으므로 아쉬운 소리 안 해도 되고, 괜히 복잡하게 상대의 마음 상태를 살피지 않고 쉽게 내 사연을 쏟아내도 되니 마음 상할 일도 없고 말이다.

그러나 우리의 마음이 그렇게 단순하게 쏟아 내면 마음이 멋지게 합성되고 내적 밸런스가 맞아 돌아가 건강한 자아로 형성되도록 만들어졌다면, 왜 나와 같은 마음치유사들이 존재하겠는가? 마음은 철저히 인간의 관념 밖의 세계이다. 내면의 양육은 반드시 때와 시기, 그리고 대상이 참으로 중요하기 때문이다. 우리는 알아야 한다. 위로산업은 상품에 의존할 수밖에 없는 이 시대의 물질 팽배가 낳은 가슴 아픈 현실이라는 사실을…….

꺼진 불만 다시 보는 것이 아니라, 가족도 서로 잘 챙겨 주고 돌아봐야 한다. 은폐체로 인해 질식할 것만 같은 공간에서 오늘도 허덕이고 방황하고 있지는 않은지 말이다.

마음 명작

이렇게 자아 주변에는 환기통이 있어서 내면의 공기를 열고 닫으면서 전혀 다른 인격체로 살아가게 된다. 그 환기 작업을 끝으로 자기실현의 최종 단계인 'Self-자기체'에 도달하는데, 의식과 무의식이 온전하게 통합된 결정체라 할 수 있다. 즉, 마음 합성의 최종 관문인 것이다. 이 자기체(Identity Level)는 우리의 의식 중심에 '자아'보다는 조금 다른 개념으로 통합화되고 성숙된 '나'이다.

지금까지 열거한 인격체들이 모두 균형감을 유지해 나갈 때,
비로소 멋진 자기체로 공효(功效)되어 간다.

그러나 어느 한곳에 치우쳐 버린다면 온전한 자기체가 아닌, 개인지상주의나 자아 팽창에 빠져서 결국 과대망상가가 되기 쉽다. '자기'라는 영향력이 압도됨으로 인해 균형감이 한쪽으로 치우치게 되면서 마음의 인격체 하나하나 밸런스가 틀어진다. 그렇게 되면서 굳건하게 유지될 고유한 '나'의 반열이 흔들리고, 고통과 아픔이 의식을 뚫고 여과 없이 타인에게 투사(Projection)되고 마는 것이다.

마음이 회복된다는 것은 요란한 것들이 비워지고
형형색색의 내적인 재료들이 아름다운 악상으로 합성되어
성숙한 자아로 표현되는 것이다.

자아 생존의 참혹한 몸부림

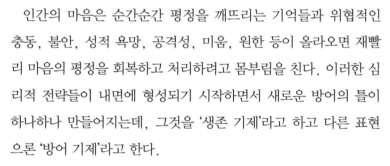

인간의 마음은 순간순간 평정을 깨뜨리는 기억들과 위협적인 충동, 불안, 성적 욕망, 공격성, 미움, 원한 등이 올라오면 재빨리 마음의 평정을 회복하고 처리하려고 몸부림을 친다. 이러한 심리적 전략들이 내면에 형성되기 시작하면서 새로운 방어의 틀이 하나하나 만들어지는데, 그것을 '생존 기제'라고 하고 다른 표현으론 '방어 기제'라고 한다.

연인과의 이별을 겪은 사람이 실연의 아픔을 잊기 위해 여행을 간다든지, 고통을 잊기 위해 또 다른 대상을 끌어들여 공격성과 불안한 심리들을 쏟아붓는 행위라든지 화학물질에 의존한다든지, 일 · 스포츠 · 게임 · 낚시 · 도박 · 섹스 등에 빠진다든지, 모두 내면에 쌓인 아픔을 비겁하든 비겁하지 않든 살기 위해 몸부림치는 처절한 자아 생존의 몸부림들이다.

우리의 자아는 활동하면서 다양한 심리적 기제를 만들어 낸다. 여기서 심리적 기제라는 것은 인간의 행동에 영향을 미치는 심리적 작용을 말하는데, 선호와 대처 사이에서 형성된다. 이 기제들이 다양한 생존 방식으로 만들어지면 자아는 항상 내면과 현상에 대한 압력에 시달리게 된다. 이 기제를 이용해 자아는 한편으로는 불안을 피하고, 다른 한편으로는 본능 욕구를 충족시키며 갈등과 충돌을 해소해 마음의 평정과 내적 회복을 이루는 것이다.

이 과정에서 자아를 흔드는 친구 둘(충동이, 감독이)이 절충을 하는데, '충동이'는 타고난 본능적 욕구를 계속 채워 달라 난리이고, '감독이'는 이러한 '충동이'의 요구가 탐탁지 않아 계속 버틸 때까지 버틴다. 이 둘은 모두 자아를 위한 일이라는 명분을 앞세워 절충하지만, 그것을 옆에서 지켜보고 있는 자아는 보통 곤욕스러운 일이 아닐 수 없다. 이것이 바로 자아가 겪고 있는 참혹한 몸부림이다.

결국 이 두 친구들은 서로 조금씩 양보하며 타협을 이루게 되는데, 그것이 바로 타협 형성(Compromise formation)이다. 서로 조금씩 양보하여 나름대로의 욕구 충족을 얻고 마음의 평화를 회복하려는 전략인데, 이러한 행동화 결과의 예가 올포트(Allport)의 성격의 개인차, 즉 특질 유형이라고도 해석될 수 있다. 다양한 자극 혹은 상황들에 대하여 유사한 방식으로 행동하려고 준비하면서 많은 자극을 기능적으로 동등하게 만들고 동등한 형태의 적응적 · 표현적 행동을 이끌어 가는 능력을 지닌 신경 정신적 구조의 일환이라 볼 수 있다.

유년기에 잘못 형성된 생존 기제는 성인이 되어서도 정신 병리적인 상태에서만 아니라 정상 상태에서도 발현된다. 인간이 가지고 있는 성격상의 특성이란, 알고 보면 그가 어떤 방어 기제들을 주로 사용하고 있느냐 하는 것이다.

> 반드시 방어 기제는 양날의 칼과 같아서
> 적당히 내 자아를 위해 휘두르면
> 제대로 된 생존을 지켜 낼 수 있고,
> 균형이 깨지고 지나치게 사용되면
> 오히려 자아를 위협하는 무기가 되기도 한다.

마음의 평정을 찾으려면 이러한 타협 형성이 제대로 이루어져야 한다. 그렇게 만드는 배경에 작용하는 힘이 바로 앞에서 언급한 내적 힘이다. 그 힘이 일시적으로 빠지게 되면 내면에 불편한 타협을 맺게 되어 단기우울에 걸리기도 하고, 공허감과 조급성, 심각한 경쟁 구도로 본인을 끌고 가기도 한다. 그때부터 고통이 만들어진다. 고통과 스트레스를 분석해 보면 상당 부분 '자학(스스로 아프게 하는 마음)'이라는 씨앗이 많이 들어 있는 것은 바로 이 때문이다.

유년기에 형성된 생존법

성장하는 아이들은 사랑과 은혜, 보호를 경험하지 못할 때, 서서히 가정 내에 생존하는 것이 하나의 큰 과제가 된다. 그러면서 형성되는 생존 기제는 어린 시절에 시작되어 일평생 가기도 한다. 이것은 항상 위험한 것도, 나쁜 것도 아니다. 적절하게 변형

마음 명작

시켜 사용하면 생존에 큰 도움이 되기도 한다.

그러나 어릴 적 형성된 방식을 성인이 되어서도 변형하지 않는 채 사용한다면 간혹 문제가 되기도 한다. 그렇게 되면 모든 인간 관계, 모든 상황, 모든 인생의 단계에 있어서 항상 그 패턴을 고수하게 되는데, 삶의 위기가 닥치면 이 방식을 나도 모르게 사용하게 되면서 문제를 더욱 키우는 경우가 많다.

어릴 때 생존과 방어 기제는 간혹 도움이 되었는지 모르지만, 어른이 된 후에도 동일한 방식의 방어를 사용하면 가족 간에 친밀감을 떨어뜨리는 결과를 초래할 수도 있다. 예를 들어, 어릴 적에 침묵하거나 반항하면 야단을 덜 맞았다고 해서 성인이 된 이후에도 그러한 모습을 계속 사용한다면 어찌 되겠는가? 반드시 생존의 틀은 어린 시절의 심리 게임에서 벗어나야 성숙을 이루는 좋은 내적 재료가 된다.

그럼 왜 유년기의 생존법을 버리지 못한 것일까? 그것은 이 생존법을 잃으면 유년기에 회피한 불안이나 고통에 맞닥뜨려야 한다고 생각하기 때문이다. 그래서 무의식중에 죽어라 붙잡고 있는 것이다. 그 불안을 충분히 돌볼 수 있는 내적 힘이 존재하는데도 불구하고, 여전히 품고 그 생존의 울타리 안에서 안정감을 느낀다. 그래서 불안은 유년기가 만든 유치한 감정체라 할 수 있다.

태국에 가면 코끼리의 공연이 유명하다. 다양한 묘기와 퍼포먼스, 심지어는 코끼리 마사지까지 상품으로 만들어 놨다. 그 공연을 관람하는 관광객들은 환호를 지르고 탄성을 자아낸다. 그런데 코끼리의 재주보다 더욱 신기한 것은 코끼리의 엄청난 무게에 압사당할 수 있는데도 불구하고 자기 집 강아지 다루듯이 다루는 조련사의 몸짓이다.

처음부터 조련사들이 그런 묘기를 펼칠 수는 없었을 것이다. 우연찮게 코끼리를 조련하는 현장을 TV 다큐를 통해 본 적이 있다. 1~3미터 정도 되는 작은 코끼리들을 작은 기둥에 묶어 두고 먹이를 주면서 훈련시키는데, 재밌는 것은 그 코끼리가 어른이 되어서도 여전히 작은 말뚝에 묶여 있다는 것이다.

나는 여기서 정말 중요한 사실을 깨달았다. 툭 치면 날아가 버릴 작은 기둥에 5톤이 넘는 코끼리가 묶여 있다는 것은 바로 어렸을 때 길들여지고 강화시켜진 고착 때문이라는 것을…… 즉, 말뚝이라는 작은 생존 기제의 틀이 어른 코끼리의 내적 에너지를 막고 있는 것이다. 이러한 모습과 아주 흡사한 부분이 우리의 내면에 존재하는 유치한 생존법들이다.

자아를 지켜 주는 생존법들은 자아의 평정을 찾기 위해 너무나 중요한 것들이지만 성인기에 이르러 변형되고 조절되어야 하는데, 성인기에도 유년기의 생존법을 상당 부분 분리하지 않고 살아가는 이들이 많다. 바로 서커스 코끼리처럼 말이다.

충분히 뽑아낼 힘이 있는데도 불구하고 그 작은 말뚝에 힘도 못 쓰고 묶여 있는 것처럼 성인이 되어 더 이상 묶여 있지 않아도 되는 자아인데도 유년기의 불안의 말뚝에 여전히 숨죽이면서 묶여

마음 명작

살고 있는 가슴 아픈 일이 아닐 수 없다.

어쩌면 유통기한이 지난 우유를 계속 마시면서 배 아프다고 하는 상황과 같지 않을까? 마음을 회복해 간다는 것은 어쩌면 나를 묶고 있는 작은 말뚝의 끈을 푸는 것이고, 지금도 여전히 마시고 있는 상한 우유를 끊는 일일 것이다.

그럼 나를 묶고 있는 작은 말뚝들, 그리고 나를 지금도 배 아프게 하는 상한 우유들을 지금부터 알아보자.

첫째, 반동 형성(Reaction Formation)이라는 것이 있다. 이것은 '예상되는 것과 반대의 반응을 발달시키는 것'으로, 어렸을 때 고통스런 환경에서 자란 아이가 내면의 고통이 있는데도 불구하고 의외로 밝고 환한 미소로 생활하는 현상이다. 그 모습을 보면 긍정적인 시각으로 해석할 수 있겠지만, 한편으로는 이런 모습들은 일치되지 않는 내면 즉, 반동 형성이라 할 수 있다.

어떤 이는 가정 내의 고통을 잊기 위해 가족의 영웅으로 살아가기도 하고, 어린 시절 매를 너무 많이 맞았던 아이는 어른이 되어서 절대 아이들을 때리지는 않지만 정서적 학대로 아이들을 힘들게 하고, 어릴 적 아버지가 술을 많이 마셨을 경우 성인이 된 후에도 절대 술은 마시지 않지만 아버지가 했던 잔소리는 똑같이 하는 패턴이라 볼 수 있다.

우리는 알아야 한다. 내면의 성숙은 반드시 일치된 감정으로부터 시작됨을 말이다.

둘째, 치환·대치(Displacement)라는 생존법이 있다. 이것은 '당사자에게 감정을 직접적으로 표현하지 못하고 무고한 대상에게 돌리는 것'을 말한다. 쉽게 말하면 종로에서 뺨 맞고 한강에서 화풀이하는 모습이라 할 수 있다.

남편이 회사에서 짜증나는 일을 겪고 집으로 돌아와 아내와 아이에게 그 기분을 풀어 버리는 경우라든지, 엄마한테 심하게 꾸지람을 받은 아이가 아무런 변명도 못하고 방으로 들어가 인형이나 장난감을 부러뜨린다든지 혹은 강아지를 못살게 하는 경우라 할 수 있다.

이는 체벌이나 수치를 당했는데 당사자에게 직접적으로 감정을 표현하지 못하고 우회적으로 아무 상관없는 약자에게 그 감정을 쏟아붓는 비겁한 과정이라 할 수 있다. 사회범죄의 유형 중 대부분이 바로 이러한 생존 게임에서 벌어진 것이다.

이런 사람들의 특징은 상한 감정을 처리하는 방법이 지극히 미숙하기 때문에 어떻게든 수단과 방법을 고려하지 않고 감정을 풀면서 살아가게 된다. 자아가 약한 탓에 당사자에게 맞대응할 용기는 없고, 그래서 결국 본인보다 현저히 약한 존재를 물색하여 이들에게 쏟아붓는 것이다. 결국 유년기에 형성된 생존 게임에서 만들어진 전형적인 결과이다.

감정이 상했다면 마음속 깊게 박혀 곪지 않도록 반드시 적절한 환기를 시켜야 한다. 그러면서 나의 감정을 다루는 기술들을 강화시켜 가야만 어릴 때 형성된 생존의 말뚝을 뽑을 수 있다.

마음 명작

필요에 따라 당사자와 직접 대면해야 한다. 대면할 때 중요한 것은 나와 타인의 감정과 이성의 색깔을 유지하면서 대면해야 관계를 깨뜨리지 않는다. 그러려면 내 감정이 폭풍처럼 일어날 때에는 바로 대면하지 말고 숨을 크게 쉬면서 충분한 내적 안정감을 찾은 다음, 대치할 수 있는 안전한 장소를 찾아서 이루어져야 한다. 대면한다고 해서 곧바로 관계가 바로 좋아지지 않는다는 사실도 꼭 알아야 한다.

그리고 투사(Projection)라는 것이 있다. 이것은 자신의 잘못이 현저히 보이는데도 불구하고 그 잘못을 다른 사람들에게 떠넘기려는 미성숙한 행동기제를 말한다. 다시 말해, 자신이 품고 있는 공격적 계획과 충동들, 심지어 실패까지도 자연스럽게 '남의 탓'으로 돌리는 심리 기제이다.

대부분 자기분화지수가 낮다 보니, 부정적으로 형성된 심리적인 이미지들을 여과 없이 가까운 사람들에게 그대로 입혀 버리는 경우이다. 예를 들면 직장 상사가 본인의 화를 추스르지 못하고 부하 직원한테 "얼굴 펴! 왜 인상 쓰냐!"라고 공격하는 경우라든지, 바쁜 직장 생활로 연락을 자주 하지 않는 남자 친구한테도 "맘이 식었구나? 딴 여자 있지?"라고 따지는 행위도 이런 예라 할 수 있다. 이렇게 된 배경에는 유년기에 공격성과 불안을 제대로 돌봐 주지 못한 양육의 부재 환경에서 비롯된 경우라 볼 수 있다.

유년기 특정 시기에 부모로부터 적절한 보호, 사랑, 양육을 못

받고 자란 아이, 즉 상한 사연을 품고 있는 아이들은 고스란히 내적 생존 사이클로 고착화되면서 투사로 발전시킨다. 다시 말해, 유년기의 방임을 경험한 여자 친구는 성인이 된 이후에도 부모가 언제든지 자기를 지켜 주지 못하고 떠난 과거 아픈 사연이 고스란히 자리 잡고 있기 때문에 언제든지 부모의 부정적인 이미지를 품고 다니다가 교제하는 남자 친구마다 덮어씌워 상대를 힘들게 하는 경우라 볼 수 있다. 언제든지 남자 친구도 아빠처럼 다른 여자를 만나 나를 떠나갈 것이라는 이미지가 늘 내재해 있기 때문에 늘 가슴 아픈 이별을 반복적으로 경험하는 것이다.

반드시 내적인 아픈 사연을 돌보고 분리하지 않는 한, 그 이미지는 결혼해서도 배우자에게 씌워 가며 살아가기에 반드시 분리하고 떨쳐 버려야 할 심리기제이다.

투사는 생존의 슬픈 몸부림으로 형성된 참혹한 심리기제이다.

그다음으로 내사(Introjection)라는 것이 있다. 이것은 다른 사람의 책임을 꼭 내 책임처럼 흡수하면서 그들의 패턴이나 역할에 동화되어 그것에 순응하는 것을 의미한다. 다른 사람의 감정과 일들을 꼭 내 것 마냥 받아들이는 것으로, 심하게 되면 거짓된 죄책감이 만들어지는 기제이다. 어렸을 때 부모가 제 역할을 못했거나 가정이 제대로 그 기능을 유지하지 못했을 때 자동적으로 착한 아이가 되면서 이러한 내사를 옷 입는 경우가 있다. 병든 엄마도 돌보고

마음 명작

심지어 동생들까지도 돌보고 살아야만 하는 현실에서 형성된 가슴 아픈 생존 게임이라 할 수 있다.

타인을 향한 헌신과 섬김이 얼마나 아름다운 일인데, 가슴 아픈 기제라니 언뜻 이해가 안 갈 것이다. 그러나 자아인식의 관점에 의해 시리도록 아름다워지기도 하고, 또 비참해지기도 하는 것이 바로 헌신이다. 타인과 환경, 상황에만 심하게 쏠려 살아가는 자아인식의 프레임의 참상이라는 것이다.

그 경계에 내사(Introjection)가 존립한다. 내사를 두고 가슴 아프다고 표현한 이유도 바로 그런 이유에서다. 스스로의 자아를 돌보고 그 힘으로 타인과 상황에 맞는 헌신이 건강하고 아름다운 것인데, 자아를 상실한 채 과도한 책임을 맡으려 하기 때문에 아픈 내사(Introjection)라 하는 것이다.

이 내사(Introjection)에 걸리면 모든 대인 관계에서 자신도 모르는 사이에 만인의 엄마로 살아가야 한다. 그것이 모두에게 사랑받고 인정받는 유일한 길이요, 자신의 존재를 가장 잘 세울 수 있는 방법이라고 착각하며 말이다.

이런 사람의 특징은 본인을 향한 주변에 시선, 감정에 대하여 굉장히 예민하기 때문에 타인의 감정이 조금이라도 좋지 않으면

과도하게 느끼기도 하고, 상대방의 건강이 좋지 않으면 자신도 똑같이 아픔을 느낀다. 끊임없이 남을 챙기고 아파하면서, 마치 그것이 신이 부여한 하나의 선물인 것처럼 살아가는 슬픈 내면이 되는 것이다.

"빗음 넷. 가족은 더 이상의 아픔이 아니다"에서 상세히 설명하겠지만, 철저하게 내가 나를 세우고 돌보고 난 다음 타인과 상황에 대면하는 삶의 패턴으로 훈련해야 한다. 일시적으로 지나치게 이기적인 말을 듣더라도 말이다. 그래야 이 질긴 생존의 말뚝은 뽑아 낼수 있게 된다.

그다음 억압(Repression)이라는 것이 있다.
억압은 불안에 대한 1차적 방어 기제이다. 고통스러운 생각이라든지 떠오르면 죽을 것 같은 기억들을 느끼면 도저히 생존하지 못할 것 같아서 순간 마음속 바닥까지 눌러버리는 행위이다. 용납하기 힘든 생각, 욕망, 충동들 모두 무의식 속으로 눌러 넣는다.
억압을 통해서 자아는 위협적인 충동, 감정, 상상, 기억 등이 의식화되지 못하도록 눌러 놓게 된다. 죄의식, 창피 또는 자존심의 손상을 일으키는 경험들은 고통스러운 불안을 일으키므로 모조리 억압해 버린다. 이러한 억압이 심하게 일어나면, 그 결과로 신경증 같은 정신증세가 나타나기도 하고 편견이나 부정적인 선입견이 늘어난다.

마음 명작 🌿

억압은 무의식적으로 '아픈 기억들을 필름처럼 잘라 놓고 살아야 편하게 살 수 있지!'라는 생각 때문에 자기도 모르게 자주 사용한다. 어렸을 때 끔찍한 일을 당한 경우, 그것을 기억하고 살아가면 정상적으로 살아갈 수 없고 고통스럽기 때문에 순간 기억과 감정을 억압하는 것이다. 그렇게 되면 마음은 여러 가지 형태로 나타나게 되는데, 사건은 분명히 기억하지만 감정은 억압되어 느끼지 못한다거나 공포스러운 감정은 남아 있는데 사건은 기억나지 않는 경우로 나타난다.

심각한 학대를 당한 후에 억압을 사용한 경우에도 그 사건은 기억나지 않는데, 어떤 특정한 스타일의 남자만 만나면 몸이 부르르 떨리는 증상도 겪곤 한다. 이것을 '몸의 기억(Body Memory)'이라고 하는데, 아주 의식적으로 감정이나 사건을 기억하지 못하지만 몸이 기억하고 있는 현상이다. 따라서 심리치료는 적절한 때에 받는 게 정말 중요하다.

특별히 어릴 적 은연중에 억압을 사용하고 자라 왔다면 어린 시절의 기억에 공백이 있을 수 있다. 즉, 블랙홀처럼 몇 살 때는 정확히 기억나는데 또 몇 살 때의 기억은 거의 나지 않는 경우이다. 이러한 것들도 모두 억압 프로그램으로 인한 무의식 가운데 잠재된 사연들이라고 보면 된다.

성찰을 통한 마음 훈련을 하다 보면 이러한 억압된 사연들이 은연중에 올라오는 것을 느끼게 되는데, 이때 이 사연들을 잘 돌보고 독립시켜 주어야 한다. 그렇지 않으면 억눌린 사연들은 블랙홀처럼 예측할 수 없는 상황에서 폭발하여, 상상하기 힘든 자해를 하기도 하고 급기야 타인에게도 치명적인 상처를 주기도 한다.

가끔 언론의 비보를 접했을 것이다. 초범인데 치명적인 강간, 살인을 저지르는 사건들을 말이다. 반사회적인 성격장애자들만이 흉측한 범죄를 저지르는 것이 아니다. 실제로 정신질환을 앓고 있는 환자들은 그렇게 남을 치명적인 위험에 빠뜨리는 경우가 적다. 그러나 대부분 억압된 아픈 사연을 품고 살면서 누군가 조금만 건드리면 터질 것 같은 이들이 결국 겉은 멀쩡해도 언제든지 돌이킬 수 없는 끔찍한 일들을 저지를 수 있다는 사실을 한시도 잊어서는 안 된다. 가족들도 가까운 지인들도 전혀 예측할 수 없는 황당한 일들이 언제든 일어나게 만드는 것이 바로 억압 프로그램이다.

그리고 억압은 종종 선택적 망각(Selective Forgetting)을 한다. 살면서 안 좋은 기억이 없다고 해서 지금 잘 살고 있다고 봐서는 안 되는 이유가 바로 여기에 있다. 반드시 이러한 망각들을 의식적으로 끌어내어 직면하고 다루는 것이 필요하다. 그렇게 되어야 방어벽이 줄어들고 안정된 자아 인식을 품게 되어 있다.

왜 이런 끔찍한 억압을 썼는지 마음속에 존재하는 사연아이는 그 답을 알고 있다. 그래서 반드시 그 아이를 자주 만나 물어봐 주고 달래 주는 일이 바로 억압을 풀 수 있는 또 하나의 길이다.

마음 명작

"아이야, 언제든지 기억이 나면 얘기해 줘.

널 아프게 한 기억들 말이야.

지금 꺼내지 않아도 괜찮아.

난 기다릴 수 있어!

언제든지 네가 꺼내고 싶다면 말해, 알았지?

그냥 아파서 울지만 말고!"

이 아이는 억압된 기억들을 당장 꺼내기 힘들어하기 때문에 반드시 시간을 두고 꾸준히 만나 줘야 한다. 그 이유는 자아를 통해 존중받는다고 생각되면 이 아이는 억압으로 꽁꽁 싸인 보자기를 언제든지 스스로 풀기 때문이다.

이런 억압의 기제에도 긍정적인 기능도 숨어 있다. 그것은 '충동이'가 요구하는 본능적인 욕구나 금지된 욕망이 노골적으로 표출되는 것을 잘 다스려 준다는 것이다. 자아가 사회적으로나 도덕적으로 잘 적응해 살아가도록 지켜 주는 멋진 기능도 수행해 낸다.

자기에게로의 전향(Turning Against Self)

인간은 신체적이거나 정서적인 경계에 침범당하고 타인의 비합리적인 태도를 보면 형성되는 감정이 하나 있는데, 그것이 바로 '분노'이다. 건강한 분노는 자아를 지켜 주는 귀한 원료로 쓰이는데, 잘 다스려지지 못하면 공격적인 충동으로 변형되고 만다. 이때 타인에게 쏟고 싶은 마음은 크지만 내적 자아가 약해서 대응할 힘이 없게 되면 결국 자기 스스로에게 공격성을 발휘하는데, 이 것을 '전향(Turning Against Self)'이라 한다. 앞서 말한 치환은 무고한 타인에게 쏟아붓는 것을 말하고, 전향은 본인 스스로에게 향하는 심리적 행동기제이다.

예를 들어, 엄마에게 야단맞은 아이가 화가 나서 자기 머리를 벽에 부딪치는 경우라든지, 아버지를 증오하는 사람이 아버지가 돌아가셨을 때 심한 우울에 빠지는 경우도 다 전향이다. 현실의 아버지를 향하던 증오심이 자신 내부로 향하여 괴롭히는 것이다. 이렇게 남에게 향했던 분노가 자기를 향하게 되면 자기 공격이 커지고, 더욱 심해지면 자학으로 바뀌고 우울을 겪으면서 급기야 자살충동으로 이어지는 경우가 많다.

그리고 퇴행(Regression)이라는 것이 있다. 이것은 심한 좌절을 당했을 때 현재보다 유치한 과거 수준으로 후퇴하는 것을 말한다. 대소변을 잘 가리던 네 살짜리 아이가 동생이 태어나자 오줌을 싸는 경우를 예로 들 수 있다. 실의에 찬 어린 아이가 손가락을 빠는 것도 그 예이다. 늙은 교장 선생님들이 중학교 동창생들을 만났을 때, 근엄함은 사라지고 마치 중학생들처럼 행동하는 것도 양성의 퇴행으로 볼 수 있다.

꿈이나 공상은 정상적이고 일시적인 퇴행이다. 악성 퇴행은 정신병이나 만성 정신분열증, 대소변을 가리지 못하는 등 어른이 병

마음 명작

적으로 아이 같은 행동을 하는 것이라 할 수 있다.

그리고 마지막으로 해리(Dissociation)라는 무서운 생존 게임이 있다. 이것은 억압으로 인해 형성된 암 덩어리이다. 억압된 기억의 일부가 꼭 나의 또 다른 독립된 인격의 일부가 되어 행동하는 경우를 '해리(解離, Dissociation)'라고 한다. 예를 들면 몽유병, 이중인격(Dual Personality) 등이 그 예이다. 지킬 박사와 하이드가 정말 좋은 예가 된다.

이처럼 우리가 알지 못하는 사이에 잘못 형성된 생존법들을 성인이 되어서도 여전히 사용하고 있다면, 결코 성숙이라는 꽃을 피우지 못한 채 인간은 황혼의 절망감으로 시들고 말 것이다. 반드시 다루고 변형하고 다듬어야 한다. 그렇게 될 때, 비로소 언제든 올바르게 사용되고 내적 성숙으로 나아갈 수 있게 된다.

치유와 성숙으로 나아가지 못하는 대부분의 사람들은
본래부터 가지고 있는 방어의 틀이 해체될까 봐
죽기 살기로 버티고 살아간다.
그것이 허무한 자존심이라는 것도 모른 채 말이다.

가족은 더 이상의 아픔이 아니다

/

우리가 원가족의 환경 속에서
어떤 역할 게임을 하고
어떤 처절한 생존게임을 하며 살아왔는지
발견하고 다뤄 나가는 것이
아픔이 아픔으로 인식하지 않게 만들어 주는
중요한 일이 됩니다.

가족, 더 이상의 아픔이 아니다

　우리 삶을 결정짓는 대부분은 바로 초기 양육 환경이라 해도 과언이 아니다.

　부모를 통하여 적절한 보호와 사랑을 공급받지 못했다든지, 출생에 대하여 환영을 받지 못했다든지 심한 학대를 받고 자랐다든지 등 이러한 경험들은 성인이 된 이후에도 인간관계 방식을 완전히 달라지게 만들고 자아 인식과 신념 체계까지도 다른 형질로 갈리게 만든다.

　모두 어릴 적 형성된 자아상(Self Image) 때문이다. 대부분 이 자아상은 주로 초기 양육자에 의해 형성된 것으로, 성인이 되어서도 한 개인의 자아 인식에 큰 영향을 미친다.

　'왜 저 사람은 저런 행동을 할까?'에서부터 이해하기 힘든 말과 감정 표출까지 모두 건강치 못한 자아상의 결과들이다. 그러한 자아상을 만드는 근본적인 배경이 바로 원가족(Orignal Family) 체계이다. 현장에서 내담자를 다루는 수많은 상담사들 그리고 정신분석가들, 마음치유사들이 가장 비중 있게 보고 다루는 분야가 바로 이것이다.

원가족이라 함은 본래 태어난 가정,
즉 태어나 자란 곳의 환경을 통틀어 말한다.
이러한 양육 환경이 낳은 최고의 선물.
그것이 바로 자존감 형성이다.

특히 자존감이 높은 부모를 만난 아이는 어떤 것으로도 비견할수 없는 내적인 좋은 자원이 되지만, 그렇지 않은 부모를 만난 아이는 자존감은 결여되고 자존심만 강화되어 부적응적인 대처 방식으로 살아갈 확률이 많다.

자아상이 흐릿하면서 본인에 대한 신뢰가 현저히 떨어지고 늘불안해하며 타인에 대한 영향도 쉽게 받게 된다. 특히 내적인 모습을 드러내는 것에 대하여 늘 두려워하고 지나치게 기대감을 많이품게 되는 것이 특징이다. 자존감이 결여된 기대감은 내면 깊숙이형성되면 쉽게 사라지지 않기 때문에 그대로 악성적인 뿌리가 되어 깊숙이 내재화된다.

그러나 자존감이 충만하면 상황이 완전히 다르다. 내적 힘이 커지고 자아 인식도 넓어져서 보이는 덫에 빠지는 확률도 줄어든다. 이처럼 자존감은 우리의 인생을 바꿀 만큼 좋은 내적 힘으로 작용한다.

부모와의 부정적인 초기 경험에서 얻어진 내적 자원들은 성인이된 이후에도 다양한 인간관계 패턴을 형성시키는 인식의 창이 된다.

그러한 인식의 창을 몇까지로 구분하여 살펴 본다면,

첫째, 어린 시절의 결핍은 성인이 된 이후에도 상대(배우자)를 통하여 건강치 못하게 채우려 한다. 때론 심한 의존이 나타나기도 하고, 심지어는 다른 중독으로 빠지기도 한다.

둘째, 부모를 통하여 신뢰와 사랑, 안전감, 소속감 등을 제대로 채우지 못한 상태로 성인이 되면, 이것들을 채워 줄 대상을 일찍 찾아 나서게 된다. 이성에 대한 분별력도 품지 못한 채로 말이다. 친밀감의 욕구로 말미암아 누구를 일찍 만나지만, 완성된 사랑을 실현하지 못하고 오로지 욕구 충족에만 맞춰진 얼빠진 사랑을 하게 되는 경우가 많다.

셋째, 부모로부터 받지 못한 생존 욕구(부모와 연결된 고리)로 인하여 분노도 자주 발생하고 수치심과 두려움도 늘 품고 살아간다. 자존감이 낮아지다 보니 전체적으로 부적응적인 인간관계를 맺고 살아가기 쉽다. 특히 부모가 간절히 원하고 준비해서 태어난 경우가 아닐 때에는 더욱 심각한 영향을 초래하기도 한다. 부모가 나를 억지로 낳은 아이였다는 사실만으로도 자존감과 자긍심 형성에 심각한 영향을 주기 때문에 이러한 약점을 가리기 위해 더욱 가면을 쓴 채로 살아가야 한다.

마음 명작

역기능 가정과 순기능 가정

　환경도 출생 배경도 전혀 다른 개인끼리 만나 공통된 형틀 안에서 질서 있게 돌아가는 것을 가정이라 한다. 가정은 정상적인 기능을 제대로 수행하는가에 따라 '순기능 가정'과 '역기능 가정'으로 나뉜다. 여기에서 순기능 가정은 건강한 가정이라 하고, 역기능 가정은 건강치 못한 가정으로 본다.

　순기능 가정이라 함은 가족 구성원들 모두 인격적 성장과 구성원들의 욕구가 건강하게 충족되는 가정이라 할 수 있다. 순기능 가정의 부모들은 대부분 균형 잡힌 정서를 지니고 있기 때문에 정신병이나 인격장애, 심각한 우울증, 극단적 좌절, 알코올·마약·일·성·종교 등의 중독증이 없으며, 충동적인 소비나 무질서한 삶의 규칙들이 아닌 긍정적이고 자존감이 넘치며 성숙한 자아상을 갖고 있다. 특히 부모는 자녀들의 감정에 잘 반응해 주고 지지해 주고 인정해 주고 잘 돌봐 준다.

　여기서 한 가지 알아야 할 것은 순기능 가정이라 해서

갈등이나 위기가 전혀 없는 가정이 아니라,

그러한 위기와 갈등 앞에서도 흔들리지 않고

행복한 생활을 유지하기로 결심한 가정이라는 점이다.

반면 역기능 가정은 위와 같은 가정의 순기능을 제대로 수행하지 못하는 가정이라 말할 수 있다. 인간이 가지고 있는 기본적인 욕구(신체적·정서적)가 무시되는 가정이다. 자녀들에게 적절한 보호, 사랑, 양육을 제대로 충족시켜 주지 못한 탓에 성숙한 자아 성장에 막대한 지장을 주는 환경이다.

이곳에서 자란 아이들은 정상적인 가정이 어떤 가정인지 모르기 때문에 끊임없이 추측하고 의문을 품게 된다. 이런 의문은 의식적인 말이나 행동으로 표현되지 않고 사고 깊숙이 내재되어 버린다. 그들 스스로 어디에 소속되어야 하는 것인지, 무엇을 바라고 요구해야 하는 것인지에 대한 생각을 계속하기도 하고, 나중에는 이런 생각들이 공상으로 발전하기도 한다.

그리고 가면 쓰는 법을 일찍 배우게 된다. 때론 가면 뒤에 있는 진정한 자기 모습은 가치가 없는 것으로, 즉 하찮은 존재로 간주하면서 혼란스러워 한다. 이런 의식은 말로 표현하지 않아도 자아 인식의 깊숙한 곳에 내재되어 버린다.

역기능 가정의 부모는 자녀들에게 "네가 느끼는 감정은 중요한 것이 아니야!"라고 가르치면서 은연중에 감정을 무시하고 부인하게 만든다. 이때 형성된 대표적인 쓴 뿌리가 바로 '수치심'이다. 수치

마음 명작

심으로 가득 찬 사연 아이는 대부분 정서적 결핍이나 학대를 경험한 그 시기부터 그대로 자라지 못하고 마음 구석에서 숨어 있는 경우가 많다 보니 성인이 되어서도 절망의 수렁에서 나오기란 쉽지 않다.

이런 수치심으로 가득한 아이들의 특징은 부모의 부정적인 삶의 태도를 보고 금방 쉽게 물들어 버린다는 것이다. "이것이 내가 앞으로 살아가면서 느껴야 하는 감정이구나! 부모님이 이렇게 느낀다면 나 또한 이렇게 느껴야 해! 아, 그것이 맞는 것 같아!"라고 은연중 스스로를 학습시킨다. 역기능 가정에서 자란 아이들의 대부분이 수치심을 경험하게 되어 있다. 앞서 말했지만 본인을 향한 무엇인가 좋지 않은 예감 때문에 잘 드러나지 않으려 애를 쓴다. 죄책감이란 내가 한 일에 대한 것이지만, 수치심은 내가 어떠한 사람이냐에 대한 것이라고 말했다.

수치심을 품게 되면서 스스로 생각하는 자아상이 다른 사람과 근본적으로 다르다고 여기기 때문에 언제든지 어느 자리든 투명인간으로 살기를 원한다. 굳이 부끄러움을 느끼지 않아도 되는 것들에 대해서도 부끄러움을 느끼고 자존감을 흔적 없이 파괴하고 해체시키면서 끊임없이 사연 아이의 존재 자체를 거부하게 만든다.

이 아이들은 부모가 정서적으로 문제가 있다는 사실을 처음부터 이해하기란 쉽지 않아서 아버지의 알코올 중독, 외도, 폭력 등의 행동들에 대하여 은연중에 고스란히 덮어 버리는 심리를 갖게 된다. 특히 집에서 일어난 일들에 대해서는 누구에게도 말하지 않고 혼자 마음속에 꽁꽁 숨기는 습관이 형성되고 만다. 그래서 지금 펼쳐진 불편한 일에 대하여 당연히 협조해야 하고, 눈앞에 아픈 경험들까지도 모두 자연스레 삼켜 버리는 기술을 배우게 되는 것이다.

이렇게 자라게 되면서 가족 비밀로 확장시켜 나가고, 나중에는 심각한 수치심의 뿌리가 되어 내면에 박혀 뽑기도 힘들 지경까지 가게 된다. 그렇다. 한 개인의 가족 비밀은 심각한 내적 변화를 일으키며 성인이 되어서도 이 비밀을 끝까지 숨기려 하고 언제든지 스스로의 존재를 숨겨 살아가게 만든다.

"너에게는 비밀이 있어. 사람들에게 결코 너의 모습을 볼 수 있게 해서는 안 돼!", "사람들이 이 비밀을 아는 순간, 너 옆에 있을 사람은 누구도 없어! 명심해!" 이것이 바로 수치심에 기반을 둔 '상한 자아 이미지'로, 타인에게 드러나면 드러날수록 스스로 어떤 사람인지 알려지는 것이 두렵게 되어 외적인격(가면)을 더욱 강화시켜 살아가게 된다.

또한, 수치심이 기반이 된 자아는 자아상실로 인해 심각한 정체성 혼란을 겪기도 한다. 수치심의 뿌리가 분명 존재하고 있음에도 불구하고, 이것이 수치심인지 아닌지 감각조차 잃어버린다. 끊임없이 가면을 사용하여 외부에는 온전한 인격체로 보이기 위해 몸부림친다. 그래서 내면에는 만연해진 우울이나 가슴 통증이 자주 올라오고 상처와 욕구에 대해서도 다룰 힘이 없어진다.

그리고 이들의 내면에는 다음과 같은 메시지가 은연중에 만들

마음 명작

어진다. "넌 평생 숨어 살아야 해!", "너는 고통을 느낄 자격이 없어!", "너는 너 자신이 될 자격도 없어! 네가 인정받기 위해서는 다른 사람처럼 살아야 해!", "너는 존재할 권리가 없어!", "알았지? 정신 차리라고!"라고 말이다. 자신감을 내어 보려 하다가도 이러한 사연 아이의 메시지로 다시 한 번 기가 죽고 만다. 이것이 역기능 가정의 참상이라 볼 수 있다.

그러나 순기능 가정은 전혀 다른 긍정적인 에너지가 흐른다. 그 에너지를 크게 네 가지로 나눠 보면, 가족적 · 낭만적 · 사교적 · 작업적 에너지로 나눌 수 있다. 가족적 에너지는 가족 구성원 모두 신뢰가 높고 가족 내 편안한 기류가 흐른다. 서로 이해하고 화목하게 만드는 대표적인 에너지원이다.

사교적이고 낭만적 에너지는 자아 만족감이 넉넉한 부모에 의해 만들어지는 에너지원으로, 신중할 때는 신중하더라도 상당히 유쾌하고 밝은 기류가 가족 내 흐른다. 그것은 마음의 통로가 맑고 청명하다는 뜻이다. 만나면 늘 즐겁고 친밀하고 문제 해결능력도 뛰어나다. 건강한 정서적 교류가 가정 내에 존재하기 때문에 기쁨, 슬픔, 고통, 위기, 갈등 등의 상황 앞에서도 서로 걱정해 주고 결속하여 위기를 잘 넘기게 하는 에너지원으로 꼽는다.

그리고 함께 작업하고 모험하는 에너지가 흐르고 있다. 이것을 '목표 실현적 에너지'라 부르고 '작업적 에너지'라 부른다. 공동으로 추구하는 목표 속에 성취감과 보람을 생산해 낸다. 실현 가능한 목표를 향해 함께 땀을 흘리고 결실해 가는 멋진 에너지원이다. 허영과 공상으로 이상화된 목표가 아닌 현실 지향적인 목표로 하루하루 순간순간을 최선을 다해 살아가게 만드는 최고의 요소이다.

건강한 가정은 반드시 이러한 동반자 요소를 통하여 건강하게 돌아가는 가정이다. 잠시만 떨어져도 속이 시원한 것이 아닌, 언제나 그립고 보고 있어도 보고 싶은 관계로 형성된다. 가족 구성원 모두 균형 있는 개별화를 유지하면서 말이다. 행복한 가정은 반드시 이러한 사이클로 서로 맞물려 정상적인 범주에서 돌아가고 있다.

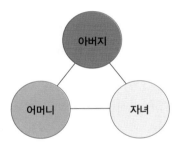

❶ 건강한 가정 관계 '순기능 가정'

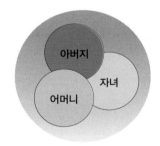

❷ 건강치 못한 가정 관계 '역기능 가정'

마음 명작

건강한 가정의 부모는 동반자적인 요소를 품고 가족 구성원에 대한 관심과 온정, 그리고 부드러움을 전달한다.

상처를 녹이는 말은 차가운 성질이 아닌
온기 서린 부드러움에 있다.

그리고 1번 그림처럼 각자 개별성을 균형적으로 유지하며 돌아가고 있다. 그러나 건강치 못한 가정의 대부분은 2번 그림처럼 감정의 한 덩어리로 정서적 전염이 너무 쉽게 일어나 고통도, 아픔도, 절망도 순간 전이되어 굳어 버린다. 가족 체계는 서로 개별적이고 정서적인 독립이 중요하고, 이 비율 또한 적절한 균형감으로 유지되어야 한다. 그렇게 되어야 각자에 대한 가치관을 서로 진솔하게 나눌 수 있고 아픈 사연까지도 함께 나눌 수 있게 되는 것이다.

원가족의 역기능 사연척도 검사입니다. 문항을 읽고 해당되는 곳에 표시해 주십시오.

0-14: _____ 적극적인 치유 필요
15-27: _____ 적절한 관리 필요
28-36: _____ 양호
37-42: _____ 매우 양호

문 항	자주	빈번히	드물게
	3	2	1
1. 우리 가족들은 자유롭게 자신의 생각을 말했다.			
2. 부모님은 나에게 사랑(말,스킨십,행동)을 자주 하였다.			
3. 우리 가족은 함께 같은 방에 있기를 좋아했었다.			
4. 나는 아버지로 부터 긍정적인 메시지들을 많이 들었다.			
5. 나는 어머니로부터 긍정적인 메세지를 많이 들었다.			
6. 나는 어렸을 때 대수롭지 않은 일에도 화를 잘내지 않았다.			
7. 우리 가정에서는 모든 사람이 책임을 분담했으나 불만은 없었다.			
8. 우리 가족들은 함께 문제를 논의하고 해결책을 찾는 것을 좋아했다.			
9. 우리 가족들은 서로의 관심사를 자주 나눴다			
10. 나는 가족들과 어떤 것이든 말할 수 있었다.			
11. 우리 집에서는 가족간에 감정에 대해 솔직했다.			
12. 나는 가족들에게 내 느낌을 자유롭게 표현할 수 있었다.			
13. 식구들 간에 따뜻한 감정은 회피되거나 억제되지 않았다.			
14. 가족들은 긴장해 있거나 화가 나 있는 경우가 없었다.			
합 계			

마음 명작

첫 번째 자아 방석 '역기능 주범자'

사람들은 방석을 참 좋아한다. 엉덩이를 감싸고 푹신한 안락감을 선사하는 방석은 각양각색의 개성 넘치는 디자인으로 사람들의 시선을 사로잡는다. 과일 모양을 그대로 본떠 만든 것부터 동물의 캐릭터, 심지어는 돈방석까지 아이디어가 정말 기발하다.

엉덩이만큼이나 방석을 좋아하는 이가 있는데, 바로 자아라는 놈이다. 일단 자아는 우리가 모르는 사이에 많은 방석들이 포개져 있다. 그것은 타인에 의해 만들어진 방석과 스스로 만들어진 방석이다. 자아가 성숙으로 나아가려면, 일단 내가 깔고 앉아 있는 방석이 무슨 방석인지 알아가는 것이 중요하다.

이 방석이 이번 장에서 소개할 가족의 역할이다. 이것은 대부분 부모의 기능적 수반 역할에 따라 갈린다. 특히 부모의 기능 상실로 인해 해결해야 하는 과제들과 수면 위로 떠오른 가정 내 힘겨운 짐들을 지켜보면서 아이들은 방석 게임을 시작하게 된다. 어떤 아이는 스스로 힘도 없는데 눈앞에 보이는 문제들을 끌어안고 감당해 보려고 애쓰고, 어떤 아이는 너무 싫어 현실을 피해 도망가고, 어떤 아이는 무시하고 방관하면서 자연스럽게 본인의 맞는 방석을 차지한다. 이러한 방석이 가족 역할이다.

　가족역할은 역기능적인 가족 체계의 전형적인 생존 게임이다. 즉, 가족 내에서 채우지 못한 사랑, 양육, 보호가 커지면서 자연스럽게 심리적 행동 기제로 굳어진다는 말이다. 부모가 공급해 주는 정서적 양육이 과다하게 많거나 적을수록 자녀들은 다양한 역할을 맡게 된다. 마치 대본에 따라 연기하는 연기자처럼 말이다. 아버지가 기능을 못하면 자녀 중 착한 아들이 아버지 역할을, 어머니가 기능을 못하면 착한 딸이 어머니 역할을 맡아 버린다.

　우리는 원가족의 환경 속에서
　내가 어떤 역할 게임을 하고 살아왔는지
　발견하고 다뤄 나가는 것이 중요하다.

　가족 역할로 형성된 신념이 성인이 되어서도 언제든지 역기능을 일으키는 골격으로 잡혀 버리기에 반드시 원가족 내에서 역할을 찾아내 일치된 자아모델을 찾아야 한다.

　그럼 본격적으로 가족 내의 역할 게임을 살펴보도록 하자. 그 첫 번째의 역할이 '역기능 주범자'이다. 가정 내에서 역기능을 일으키는 주범자라는 것이다. 이 역할은 아버지가 맡을 수도 있고 어머니

마음 명작 🌿

가 맡을 수도 있으며, 나중에는 번갈아 가면서 그 역할을 맡기도 한다. 역기능 주범자의 대표적인 특징은 가정 내 기능을 못한다는 것이다. 아버지에게는 아버지의 기능이 있고 어머니에게는 어머니의 기능이 있는데, 이러한 기능을 못한다는 것이다.

이들은 대부분 성인아이가 많고 화학물질이나 대상에 의존하기도 한다. 그리고 알코올, 약물, 일, 권력, 섹스, 음식, 도박, 종교, 스포츠 등에 집착하면서 지나치게 의존적이고 자아도취, 분열적이며 공개적인 대화를 싫어하고 본인이 하고 싶은 말만 하는 특성이 있다. 적절한 감정 표현을 못해서 항상 오해와 갈등을 만들어 내기도 하고 위기 대처와 갈등 해결 능력이 현저히 떨어지기도 한다.

이 역기능 주범자는 자아 인식의 깊이가 얕기 때문에 현상의 덫에도 쉽게 빠지기도 하고, 사소한 일에도 건강치 못한 방어 기제를 사용하기도 한다. 그 대표적인 방어로 세 가지를 꼽을 수 있는데 공격과 은폐, 그리고 침묵적 방어가 그것이다.

공격적 방어는 타인의 말을 이해하기보다는 공격성으로 맞장구를 치는 행동으로 '충동이'의 본성이 그대로 드러나는 방어이다. 배우자가 진지하게 문제 해결을 위한 대화를 걸어와도 도리어 따지고 묻기까지 한다. 왜 날 무시하느냐고 말이다.

그리고 은폐적 방어라는 것이 있다. 이것은 갈등이 만들어지면 철저히 본인을 숨겨 버리는 행위이다. 핸드폰을 꺼 버리거나 일시적으로 잠수를 타기도 하고 심하면 가출도 서슴지 않는 방어이다.

　마지막으로 침묵적 방어는 가장 미성숙한 생존법으로 상대의 말
에 아무런 대꾸도, 반응도 하지 않고 며칠을 침묵으로 일관하기도
하는 비겁한 행동 패턴이다.

　역기능 주범자들은 이러한 방어를 사용하면서 가족 전체를 미분
화된 가족 덩어리로 만들어 버린다. 일반적으로 분화가 덜 되었다
는 의미는 앞 장에서 말한 대로 가족 구성원 전체가 건강하게 개별
화된 상태가 아닌 하나의 부정적인 감정으로 묶여 있다는 것인데,
역기능 주범자가 느끼는 부정적이고 어두운 감정 체계를 가족들에
게 숨도 쉴 수 없게 전수해 버린다는 것이다. 그리고 끊임없이 역기
능 가족 수치를 전수시키면서 살아간다. 이것이 역기능 주범자의
사이클이다.

마음 명작

두 번째 자아 방석 '스스로 전능자'

몇 년 전의 일이다. 남편이 도박에 빠져 너무너무 괴롭다는 한 여성으로부터 이메일을 받은 적이 있다. 메일 내용을 정리하자면, 남편이 아내 몰래 대출을 받고 카드를 돌려 가며 도박을 하고 있다는 것이다.

나는 이메일을 보고 난 후, 동료 교수가 일하는 도박중독치유센터 프로그램 과정을 그 여인에게 소개해 주면서 시스템이 잘 갖추어져 있으니 꼭 남편을 설득하여 보내라고 당부했다. 초기에 치유하지 않으면 나중에 점점 더 힘들어지기 때문에 하루라도 서둘러 입문하라고 권했다.

그리고 몇 년이 흘렀을까. 우연히 마음 세미나에서 그 여인을 만났다. 지방에서 강의를 들었던 분이라 나는 얼굴을 기억하고 있었기에 금방 알아볼 수 있었다. 그리고 남편에 대해 물었는데, 그 여인으로부터 충격적인 말을 들었다.

"남편이 치료를 거부하고 증세가 점점 더 심해지더니

집에 있는 보증금까지 다 날리게 되었어요.

지금은 남편하고 별거 중이고 아이만 제가 어렵게 키우고 있네요."

그 말을 듣고 나서 마음이 너무 아팠다. 당시 적극적으로 상담을
해 주지 못했다는 나름 자책감이 강하게 밀려왔기 때문이다.

그 여인도 스스로의 최후가 이렇게 되리라곤 전혀 예측하지 못했
을 것이다. "카드 값이 얼마고 총 대출이 얼마인데 이것만 갚아 주면
당신과 아이를 위해 열심히 살아갈게!"라고 말했을 것이다. 문제는
아내가 남편에게 결정적인 의사 표현을 제대로 하지 못함에서 빚어
진 참상이다. 남편의 미세한 역기능 사이클에도 "뭐 이정도야 문제
가 되겠어!"라고 눈감아 주면서 본인의 작은 결단이 남편으로 하여
금 중독으로 가는 발목을 잡을 수 있을 거라고는 미처 생각을 못했다
는 것이다. 이것이 바로 부부간에 가장 쉽게 빠질 수 있는 덫, 즉 '스
스로 전능자 사이클'이다.

일반적으로 역기능 주범자와 함께 살아가는 배우자는 형태는 다르
지만 유사한 중독성을 띠게 된다. 이를 다른 말로 '동반 중독'이라 하
고, '스스로 전능자' 패턴이라고 한다. 이는 역기능 주범자가 계속해
서 주범자로 살아가게 만드는 전능자 역할을 의미하고 있고 역기능
을 계속 가족 내에 쏟아내도록 강화시키는 부축물의 전형이라 할 수
있다.

마음 명작

이것이 도대체 무슨 말인가? 꼴도 보기 싫은 역기능자의 주범자라니? 이해되지 않는 부분일 것이다. 그러나 이 '스스로 전능자'는 실제 본인도 모른 상태에서 자연스럽게 역기능 주범자의 동반중독자로 살아가면서 그 역할을 수행해 간다. 일반적인 중독증의 특성을 띄고있으면서 가족 내에서는 무서운 암적인 존재가 된다.

'중독' 반드시 치유 되어야 한다.

생텍쥐페리의 어린 왕자가 찾아갔던 세 번째 별에는 술고래가 살고 있었다. 그는 부끄러움을 잊기 위해 술을 마신다고 했다. 부끄러워서 술을 마신다는 술고래의 말에 어린왕자는 도무지 이해가 안 갔다. 그래서 잠깐 가서 있는데도 그는 공허해짐을 느꼈다.
중독으로 가는 초기에는 반드시 내면에 공허함과 허전함이 지배적이다. 중독의 정의는 저항하기 힘들 정도로 특정한 것에 강박적이고 습관적으로 굴복된 상태를 말하는데, 중요한 것은 어린왕자가 찾아갔던 세 번째 별의 술고래처럼 공허감과 허전함에서 시작된다는 것이다.

모든 화학물질의 중독이 바로
그 대상만 조금씩 다를 뿐,
이러한 공허감과 허전함의 큰 맥락을 이루고 있다.
그것이 바로 역기능 가족 환경에서 결상화된

지독한 외로움의 가면들이다.

캐나다 심리학자 알렉산더는 '쥐공원'이라는 실험을 했다. 그는 1970년 이전에 많은 학자들이 쥐를 가지고 여러 가지 중독을 실험했던 상황을 보면서, 본인도 중독에 대한 환경적 요인을 입증해 보이려고 했던 것 같다.

그가 실험했던 쥐공원은 이렇다. 철망에 쥐를 한 마리 가두고, 철장 속은 아무것도 할 수 없는 환경으로 만들었다. 그 철망에 물병두 개를 준비해 두고 하나는 그냥 물을 넣고 하나는 코카인이라는 마약을 넣어 두었다. 그리고 지켜보았는데, 그 쥐가 점점 코카인에 집착하면서 조금씩 조금씩 마시더니 결국 죽어 버리고 말았다.

이번에는 쥐들의 천국 '쥐공원'을 만들어 실험해 보았다. 철장 안에 형형색색의 공들을 놓아 주고는 달리고 뛰어 다닐 수 있는 터널도 만들어 주고 짝짓기 할 수 있는 쥐도 함께 넣어 준 것이다. 그리고 철장 안에 코카인과 물병을 설치해 두었다. 과연 어떻게 되었을까?

쥐들은 코카인이 든 물병을 거의 먹지 않았고 그냥 물만 마시면서 마음껏 뛰어 놀면서 자유로웠다. 이것이 비단 쥐들만의 얘기가 아니라, 사람들도 이와 같은 현상이 나타난다는 조사를 뒤늦게 진행했다. 베트남전에 참여했던 미군들을 대상으로 조사가 이루어졌는데, 전쟁에 참여했던 병사들 중 20%가 마약 중독자가 되었다는 사실을 발견하게 되었다.

그 중독자들이 전쟁이 끝나면 건강한 가정생활을 못하고 거리로

마음 명작

뛰쳐나올 거라고 예상했는데, 그 예상과는 달리 전쟁이 끝나고 집으로 돌아간 군인들 95%가 약물 사용을 멈췄다는 믿기지 않는 결과가 나왔다. 그동안 연구했던 중독의 기초이론에 근거해 볼 때, 도저히 믿기 힘든 조사 결과였다.

인간은 극악의 환경 속에 던져졌을 때 자연스럽게 화학물질을 의지할 수 있겠지만 안정되고 행복한 집, 즉 편안한 환경이 형성되면 마치 쥐공원에서 실험한 쥐처럼 중독은 일어나지 않는다는 연구 결과였고 중독에 걸린 사람도 건강한 가정에 돌아가면 치유된다는 놀라운 원리였다. 이 연구만을 비춰 볼 때, 순기능 가정환경이 인간에게 얼마나 중요한 것인가에 대한 좋은 사례라 볼 수 있다.

중독의 사전적 의미는 '뭔가에 깊게 의존한다'는 뜻이다. 그러나 우리 사회의 잘못된 편견은 중독자를 낙오자 또는 범죄자로 취급하기까지 한다. 책임을 방기하는 파렴치한 혹은 얼빠진 무능력자로 간주하는 경우가 많다. 하지만 중독의 본질상 낙오자가 아니라, 가슴 아프게 봐야 한다. 누가 처음부터 중독자가 되겠다고 맘을 먹겠는가?
영국의 저널리스트인 요한 하리도 중독은 약물이나 나약한 정신에서 오는 것이 아니라 '소외'에서 온다고 주장했다. 그렇다, 모두 원가족의 처절한 역기능의 산물인 것이다.

반드시 중독은 치유되어야 한다.
치유되지 않으면 스스로 참혹적인 벽을 쌓고
극심한 수치심의 덫에 빠져 살아가면서
가족들 전체를 역기능의 한 덩어리로 묶어 버린다.

인간으로 태어나 사랑하는 가족과 함께 시간을 보내며 멋지게 황혼을 맞이하며 사는 것이 가장 큰 자아 행복일 터인데, 중독은 스스로 만든 철장 안에 평생을 갇혀 살아가면서 가족들까지 힘겹게 만들어 버리는 무서운 놈이다. 상상만 해도 얼마나 끔찍한 일인가? "변화시켜야지, 이겨야지!" 정도의 의식만으로 이러한 중독의 뿌리는 결코 뽑을 수 없다.

어떤 일이 있어도 자아 행복의 역을 목표로 달려야 한다. 상실과 외로움, 수치심으로 꽁꽁 싸인 채 울고 있는 사연 아이를 끌어안고 가슴을 열어 온기 서린 젖꼭지를 물게 해 줘야 한다. 그렇게.. 그렇게 내면은 양육되는 것이기에 말이다.

만나 줘야 한다. 기꺼이 만나 주고 함께 울어 줘야 한다. 그렇지 않으면 언제든지 우리의 자아는 무언가 이끌려 강박적이고 굴복적이고 습관적인 삶을 살아갈 것이다. 이미 저항할 내적 힘이 고갈된 상태로 말이다.

대표적인 중독 치료를 묻는다면 ,두 가지를 말하고 싶다. 하나는

마음 명작

상처 분리 작업인 사연 치유와 다른 하나는 실타래처럼 얽혀 있는 관계들을 회복해 가는 길이다. 특히 관계 회복은 중독 예방에 아주 탁월한 부분으로, 아픈 사연 아이와 주변지인, 가족들(이미 돌아가신 분도 포함)과의 악화된 관계들을 푸는 것이다. 용서도 이중에 포함된다. 그것이 중독을 예방하는 길이며, 고스란히 중독으로 빠지게 하는 올무에서 건져 준다.

갈수록 우리는 지독한 외로움과 처절한 싸움을 해야 한다. 그런 시대에 살아가고 있다. 더욱 확장될 중독의 뿌리로 인해 퇴색될 세상. 그래서 이 시대를 만지면 나는 가슴이 너무 아프다. 이 책을 읽고 있는 당신만이라도 결코 중독의 덫에 빠져서는 안 된다. 중독으로 빠져드는 지름길이 소외와 외로움, 통류(通流)되지 못한 관계임을 한시도 잊지 말고 사연 아이의 돌봄과 안전한 울타리로 인한 정서적 지지를 늘 공급받으면서 살아가길 바란다.

앞으로 우리가 마주할 시대는 타인이 소외시키는 시대가 아니라 스스로가 스스로를 소외시키는 시대가 될 것이다.

조급하지 않아야 한다. 하루하루 목표를 삼아 진행해 나가야 한다. 중독의 뿌리가 아무리 깊게 내면에 박혔다고 해도 하루에 1㎜씩만 뽑는다는 심정으로 내적인 자활을 해야 한다.

내면의 소리에 귀 기울기, 사연 아이 안아 주기, 거울 보며 마음껏 웃어 주기, 지인들을 초대하여 파티하기, 사랑하는 사람과 함께 신체적인 접촉하기, 공원 벤치에 앉아 지나가는 사람들에게 인사하기, 새로운 일을 시작해 보기, 시간표를 만들어 규칙적인 생활하기, 사랑하는 가족들에게 작은 선물과 편지 쓰기, 고향집에 찾아가 친척들 만나기, 돌아가신 부모님 묘지에 찾아가 대화하기, 나를 지지해 주는 친구에게 더욱 믿고 함께하자고 고백하기 등……. 조금씩 조금씩 내면과 세상과 자연과의 관계를 회복해 가야 한다.

술·마약·도박·스마트폰·게임·섹스 중독도 큰 문제이지만, 미성숙한 심리기제도 중독성의 한 줄기임을 잊어서는 안 된다. 바로 부정적인 감정 표출, 대화 방식, 침묵, 은폐, 초책임, 무책임, 공격성 등과 같은 행동기제도 역기능을 일으키는 요소들이기에 사전에 작은 미동이라도 느껴진다면 반드시 그 뿌리가 내면에 박히지 않도록 감각을 세워 지켜야 한다. 나와 내 가족을 모두 위해서 말이다.

결혼 초기든 이제 막 연애를 시작하는 커플이든 상대가 역기능 주범자가 될 거라고 어찌 생각인들 했겠는가? 그러나 두 사람의 관계 속에서 형성되는 작은 감정 표출 하나, 행동 기제 하나라도 간과하면 본인도 모르게 엄청난 고통을 받게 되고 순식간에 '스스로 전능자 사이클'로 말려 들어가게 됨을 잊지 말아야 한다. 그래서 상대의 마음에서 들리는 작은 미동에 귀를 기울이는 습관을 게을리 해서는 안 된다는 것이다.

부부의 상황을 봐도 마찬가지이다. 배우자의 역기능적인 행동 패

마음 명작 🌿

턴을 보고 도무지 이해하기 힘든 부분이라 생각하겠지만, 결국 스스로 전능자의 사이클에 들어가 보면 배우자를 저렇게 만든 장본인이 바로 나한테 있었음을 자각하게 되는 경우가 종종 있다. 그래서 부부 관계에서 반드시 확인해야 할 것은 서로 순기능 철로에서 탈선하지 못하도록 적절한 제동 장치가 형성되어 있는가이다.

남편이 속도감 느끼는 것을 좋아한다고 "그래, 한번 달려 봐! 설마 사고라도 나겠어?" 하고 방관하며 지켜본 순간, 돌이킬 수 없는 피해와 일평생을 후회와 절망으로 보내야 되기 때문에 부부 사이에는 반드시 '스스로 전능자'의 독특한 사이클을 알아차리고 서로 제동을 걸어 주는 것이 대단히 중요하다.

부부 사이에서의 제동은 바로 대화이다. 대화도 차원 높은 정서적 대화를 말한다. 이 대화로 제동을 거는 것이다. 미세한 역기능 요소를 발견하는 즉시 가슴의 대화로 서로의 감각을 일깨워 줘야 한다. 대화를 분류해 보면 크게 세 가지로 구분하는데, 머리와 가슴과 배로 나뉜다. 머리는 주로 냉철과 비판, 지적이 많이 들어 있는 '차가운 말'이고, 배의 말은 거의 충동적이고 급하고 힘으로 꺾으려는 본성이 강한 말이다.

그러나 가슴의 말에는 '온기 서린 따뜻한 말'이 많이 들어 있다. 무비판적이고 무조건적인 수용과 사랑을 품은 말이다. 가슴의 말을 통해 제동을 걸라는 의미는 반드시 가슴의 대화만이 배우자의 역기능을 일으키는 차가운 상처 덩어리를 녹일 수 있기 때문이다. 그런데 가슴의 기능을 상실했다면, 어찌 제동을 걸 수 있겠는가.

단언컨대 원한과 상처와 수치심의 깊은 뿌리가 박혀 있는 한
가슴의 정서적 온도는 결코 올라가지 않는다.

이 '스스로 전능자'는 배우자를 끊임없이 돌봐 주고 챙겨 주면서
스스로 정체감을 찾는다. 그래서 대부분 '스스로 전능자'의 내면은
항상 배우자에게 힘들게 당하면서도 그것을 끌어안고 해결하려는
모습이 강한 것이다. 이러한 사이클에서 오랫동안 고착화되면 치유
하는 데 상당한 기간이 필요하기에 반드시 초기에 제동장치의 기능
을 상실하지 말아야 한다.

그리고 이 사이클에 중요한 것이 있는데, 바로 역할 분담이다. 특
히 부부는 그 역할이 반드시 정해져 있다. 남편과 아내의 역할, 그
리고 아버지와 어머니의 역할, 그리고 결혼 초기에 부부끼리 서로
약속한 별도의 역할까지 말이다. 남편이 아내를 너무 사랑한다고
아내의 역할까지 도맡아 버린다면 그것 또한 아내를 제대로 사랑하
는 방식이 아니다. 이것을 '역할 침범'이라고 하는데, 이러한 미세
한 침범이 결국 역기능의 사이클을 만들어 낸다.

반드시 아내의 영역 안에서 처리할 일은 아내가 할 수 있도록 해
주고 그 안에서 성취감을 누릴 수 있도록 해 줘야 한다. 그 성취감
을 배우자가 느낄 때마다 "잘했어.", "대견해요."라고 격려해 주고
또한 어떤 일을 실패한 경우라도 "괜찮아요."라고 위로해 주는 일이

마음 명작

건강한 부부 관계로 가는 길이다.

　　행복하고 건강한 부부는 함께 목적지를 향해 달리고
　　함께 목적지에 도착하는 것이다.
　　함께 간다는 것은 순기능 가정의 모델을 인식하면서
　　배우자의 작은 관심 하나에도 귀를 기울이면서
　　조급하지 않고 천천히 목적을 향해 나아간다는 의미이다.

세 번째 자아 방석 '가족 영웅'

　지금부터는 역기능 가정에서의 자녀들이 맡아 버린 역할 게임에 대하여 알아보자. 집안에서의 역기능을 해소하려고 갖은 노력을 다 하면서 형성되는 역할로, 말 그대로 책임을 짊어지는 아이라고 해서 '가족 영웅'이라 한다.

　가족 내의 고통을 희석시키는 기능을 주로 맡고, 본인보다는 가족 내 상실한 사연들을 채우기에 급급하다. 스스로 잘 돌보지 않으면서 동생들은 돌봐야 하고, 부정적인 감정들을 투사당해도 표출하지 않고 억압하며 살아가야 하는 가슴 아픈 역할이다.

　가족 영웅은 성인이 되면서 점점 대처방식이 순응형으로 고착화된다. 이 순응형은 회유적인 측면을 많이 품고 있어서 자아 인식이 자기는 없고 주로 남과 상황에 초점이 맞춰져 있다. 현실적인 문제와 직면한 갈등 앞에 항상 내사(스스로에게 책임을 돌리는 행위)를 사용하고 남의 시선을 언제든지 의식하기도 한다. 그래서 주변에서 벌어진 현상들에 대하여 자주 휩쓸린다. 내면에 공허감과 우울이 만

마음 명작

들어지면서 말이다.

　이 역할로 살아가는 이들이 제일 취약한 것이 두 가지 있는데, 하나가 감정이고 하나는 인정이다. 특히 분노를 적절히 사용하지 못하고 누군가 자기를 침범하고 힘들게 해도 무방비 상태로 지켜보면서 아파하는 타입이다. 부모에 대한 좋지 않은 감정이 있어도 그 감정을 쏟아내질 못해 평생을 억압된 채로 살아가는 경우도 많다. 지배적인 감정으론 초책임과 죄책감인데, 가족 영웅을 이끌어 가는 지배적인 힘이다.

　그리고 다른 하나가 '인정 중독'이다. 가족 영웅은 끊임없이 주변의 해결사 노릇을 하면서 본인의 자아를 세우길 원하지만, 상한 자아는 좀처럼 나다움을 찾지 못하고 주변의 찬사와 인정에만 귀를 기울이게 된다. 심할 경우에는 가족보다도 친구나 주변 대상에 더욱 관심을 쏟게 되고 초영웅으로 살아간다.

　인정을 받기 위해서는 극심한 완벽성도 품게 되고 찬사를 받기 위해서도 뭐든지 불사하고 노력하게 된다.

　그럼 이러한 역할을 바로잡으려면 어떻게 해야 할까? 그렇다.

　철저히 본인에 대하여 직면하고 고유한 자아를 찾아야 한다.
　그래야 자아를 발견하여
　통합적이고 일치적인 삶을 살아갈 수 있다.

　자신은 없고 남과 상황에 맞춰진 대처 방식에서 철저하게 자신을 돌보는 대처 방식으로 바꿔 사는 습관을 형성해야 한다. 1순위가 본인이고, 그다음이 남과 상황이라는 사실을 인지하면서 말이다.

마음 명작

네 번째 자아 방석 '가족 희생양'

    가족 영웅 역할이 가정 내 긍정적인 영향을 끼쳤다면, 희생양은 집안에 부정적인 영향을 안겨 주는 역할이다. 쉽게 말해 자녀 중에 꼭 문제를 일으키는 아이를 말하는데, 본인의 부정적인 행동으로 인해 부모의 갈등 상황이 더 이상 생기지 않기를 바라는 왜곡된 인식으로 탈선을 저지르기도 하고 가출하는 경우도 있다.

    아이의 문제로 상담을 요청해 오는 어머니들 대부분이 바로 이 희생양이 거론된다. 부모 입장에서 보면 아이를 도무지 이해할 수 없다고 하지만, 그 희생양을 만든 원초적인 원인은 부모한테 있다. 그래서 문제 아이보다 문제 부모가 더 큰 문제인 것이다.

    이 가족 희생양의 역할 게임의 목표는 일반적으로 가정 내 긴장 해소이다. 엄마 아빠가 다투는 것을 보기 싫어서 일부러 스스로 몸을 아프게 만든다든지 타인과 다투어 경찰서에 가기도 한다. 그런 행동을 통해 가정의 긴장을 깨려는 의도로 볼 수 있다.

    이 역할로 성인이 되면 비난형이라는 대처 방식으로 살아가게 된다. 자아 인식이 자기만 있고 남과 상황은 전혀 맞춰져 있지 않기 때문에 끊임없이 위기와 갈등 상황에서 타인과 환경 탓을 돌리는 경우가 많고, 심지어 본인의 성격 문제와 빈곤하게 사는 것까지도 부모의 탓으로 돌려 버리는 경우가 많다.

극단적인 희생양의 경우에는 분노 조절이 안 되고 주변 상황에 오해와 반목을 자주 일으키며 갈등이 생기면 책임을 회피하고 타인을 계속 지적하고 훈계하기도 한다. 틀린 말도 아닌데 잔소리를 자주 하고, 심하면 공격적인 행동도 서슴지 않는다. 특히 기대체가 너무 높아서 부부간에 기대가 조금만 안 채워져도 못 견디게 힘들어한다. 비난형도 순응형과 마찬가지로 끊임없이 남과 상황을 살피고 배려할 수 있도록 훈련하여야 한다.

끊임없이 성찰을 통하여 자신을 봐야 한다.

왜 내가 비난형으로 살아가고 있는지, 왜 나는 비난형의 역할을 맡을 수밖에 없었는지를 늘 되묻고 직면하면서 숨어 있는 사연 아이를 일깨워야 한다. 숨도 못 쉬게 기대체로 몰아가는 울고 있는 아이의 소리를 귀 기울여 들어야 한다. 그러한 직면의 과정과 훈련을 통한다면 주먹에 서서히 힘이 빠지듯이 내면에 팽팽한 기대체의 레벨이 안정을 찾을 수 있을 것이다.

그렇게 되면 더 이상 타인을 통제하고 조정하지 않아도 되며, 스

마음 명작

스로의 자아는 여전히 멋지게 세워지고 회복 사이클은 힘 있게 돌아간다. 그래서 가족 희생양은 반드시 직면을 통한 사연 돌봄이 절실한 대처 방식 가운데 하나이다.

다섯 번째 자아 방석 '잃어버린 아이'

원가족 내 초책임한 영웅 역할과 무책임한 희생양의 역할 사이에 초독립적인 역할을 맡아버리는 아이가 있다. 나는 조용히 살아야 한다는 맘을 은연중에 먹고 집안에서 잃어버린 아이처럼 지내는 역할이다.

부모가 볼 때 집안에 있는지 없는지 구분이 힘들 정도로 자기표현도 잘 못하고 고독을 즐기는 타입이다. 뭔가 꾸준히 자기 일을 잘하고 심한 말썽도 피우질 않아서 가족 역할 중에서는 가장 안전한 기능을 맡고 있는 역할이라 할 수 있다. 긍정적인 관심도 부정적인 관심도 필요 없고, 오로지 혼자 있는 것이 적응되어 버린 아이이다.

이러한 역할로 자란 자아 인식은 본인도 타인도 없는 오로지 상황에만 집중해 살아간다. 즉, 돌아가는 상황에만 맞춰 살면서 인생에 큰 변화나 모험을 즐기지 않는다. 오로지 인생에 있어 안정감이 중요하다고 여기기 때문에 무리하게 도전하는 것을 싫어한다.

이 상태로 성인이 되면 '초이성형'이라는 대처 방식을 만들게 된다. 초이성형은 초독립적인 성향으로, 대화할 때 사실과 생각에만

마음 명작

초점이 맞추어져 있고 자기 내면과 감정을 좀처럼 드러내지 않는다. 앞 장에서 말한 대화의 종류 중 '머리의 대화'에 가깝다. 그래서 상대의 감정을 폭넓게 이해하기가 쉽지 않으며 왜 배우자가 화났는지, 왜 신경질을 부리는지에 대하여 정서적 교감이 다소 떨어지고 따뜻하고 편안하고 낭만적인 순기능보다는 작업적 에너지가 아주 충만하기 때문에 현실적인 대비나 생활 안정은 그 기능 면에서 다른 역할보다 월등하다고 볼 수 있다.

이 역할의 치유는 어떻게 해야 할까? 그렇다. 무조건 가슴의 에너지를 키워야 한다. 즉, 내면의 보일러를 지펴야 한다. 감정을 최대한 나누고 교감시켜야 한다. 머리, 가슴, 배의 대화 개념을 확실히 깨우쳐서 훨씬 더 가슴의 대화 위주로 살아갈 수 있도록 배우자나 가족들이 유도해야 한다.

"지금 심정이 어떠니?"

항상 질문하고 마음껏 웃고 마음껏 울 수 있도록 분위기를 끌고 가야 한다. 상대와 본인의 감정을 느끼고 만질 수 있도록 정서인지치료, 명상치료, 자아성찰 등을 통하여 비난형의 대처 방식처럼 이 역할이 왜 만들어지고 형성되었는가에 대해 직면하고, 상실의 사연들을 되살려 애도하고 분리하는 작업을 해야 한다. 그래야 가슴의 보일러는 가동된다.

여섯 번째 자아 방석 '마스코트'

말 그대로 광대 역할이다. 집안이 어떠하든 무슨 상황이든 그 흐름과 상관없이 오로지 즐겁게 보내는 것이 삶의 목표이다. 이런 유쾌한 삶의 철학을 바탕으로 살아가는 역할이다. 성인이 되어서도 스포트라이트를 받기를 원하고 끊임없이 드러내기를 원한다. 본인도 타인도 상황도 아무것도 맞춰져 있지 않는 자아인식의 상태로 말이다. 이 상태를 '표류된 자아', '산만한 자아'라고도 한다.

최대한 극단적인 마스코트는 피해야 한다. 이 역할이 극단화되면 가면체와 결탁된 자아로 살아야 하고, 항상 내면에는 공허감이 형성된다. 성인이 되어서도 겉으론 웃지만 속으론 불안이 흐르고, 그 불안을 떨쳐 버리기 위해 여과 없이 과다 활동, 과다 만남도 마다하지 않고 반복하며 살아간다. 탈진된 자아로 고독함과 외로움과 싸우면서 말이다.

자아가 표류되지 않으면 가족과 주변으로 하여금 안정되고 친밀한 낭만을 선사하는데, 이 극단적인 마스코트는 내적 균형감이 깨져 있어서 진중함의 조화를 이끌어 내지 못한다. 이러한 진중함을 못 견딜 정도로 싫어한다. 이 이면에 숨어 있는 갈등 처리 기술은 가히 내면의 걸작 중에 걸작인데 말이다.

이를 치유하기 위해서는 작은 행동 하나하나 자아 인식을 느끼게 해 주고, 반응하는 몸과 마음을 차분하게 느끼고 머물게 하는 훈련을 해야 한다. 훈련하는 동안에는 내가 나무늘보가 되었다고 생각하고 내 몸과 마음의 작동 시스템, 모든 소리에 귀를 기울여야 한다. 신체치유, 명상, 워킹테라피, 숲 치유가 치유에 있어 아주 탁월하다.

그리고 억압하고 회피했던 상한 감정과 사연들을 만나야 한다.

왜 내가 이런 비극스러운 피에로가 되었는지에 대해 가슴이 무너질 정도로 애도하고 슬퍼해야 한다. 정착하지 않는 자아는 움직이는 폭탄과도 같아서 시도 때도 없이 과거나 미래에 가서 살기 때문에 항상 지금 현재로 자아를 머물게 하는 마음 훈련을 실시해야 한다.

지금까지의 역할들은 독특하게 하나의 역할만 고수하면서 일평생 살아가는 것도 있지만, 여러 가지 자아 역할 방석을 포갠 채로 살아가는 경우도 많다. 즉, 영웅과 희생양을 동시에 맡아서 아침에는 비난형, 오후에는 순응형으로 살기도 하고 때론 마스코트와 비난형을 함께 사용하기도 한다. 꼭 이중 자아의 모습처럼 말이다. 또한 초이성형과 비난형이 겹쳐지면, 배우자는 물론 가족 구성원 전부가 숨 쉬기조차 힘들어지게 된다. 즉, 가슴이 없는 머리와 배만 살아 있는 사람 처럼 말이다. 상상이 되는가?

우리는 살아가면서 크든 작든 함께하는 주변과 가족들을 힘들게 한 적이 너무도 많다. 본인이 어떤 역할 게임을 하면서 살아왔든지 지금부터라도 내가 살고 있는 역할들을 직시하고 통찰해야 한다.

그래서 나와 남, 그리고 상황이라는 세 축을 자아가 직면하여
모두 일치되고 통합된 대처 방식을 형성하고 살아갈 때
멋진 내면의 걸작은 완성된다.

역기능 가정내 자녀들의 역할 방석

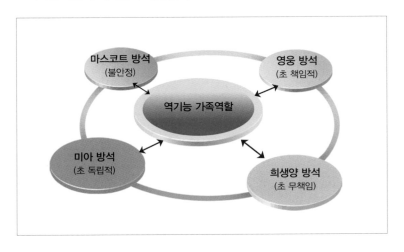

자아 인식	영웅 방석	희생양 방석	미아 방석	마스코트 방석	자아 통합
본인	X	O	X	X	O
타인	O	X	X	X	O
상황	O	X	O	X	O

내면화된 '역기능 규칙'

 상상하기 힘든 다양한 건축 공법들이 등장해 수십 년이 걸려 지을 건물도 몇 년 안에 뚝딱 짓는 세상이 되었다. 더욱 견고해지고 외관 또한 상상하기 힘든 디자인을 연출한다. 서울에는 디자인 플라자가 있다. 일명 'DDP'라고 하는데 꿈꾸고(Dream) 만들고(Design) 누리는(Play) 상징의 디자인 플랫폼으로 입혀진 건물이다. 이곳은 지난해 뉴욕타임스가 선정한 '2015년에 꼭 가 봐야 할 세계명소 52선'에 이름을 올릴 정도로 경이로운 외관을 자랑한다.

 DDP와 같은 멋진 건물에는 눈에 보이지 않지만 아름다운 외관을 결정짓는 철골이 숨어 있는데, 이것을 '건물의 강구조(Steel Structure)'라고 부른다. 가족 내에도 이러한 뼈대, 즉 철골 구조가 있다. 눈에는 보이지 않지만 가족이라는 외관을 형성하고 돌아가게 하는, 그리고 성인이 되어서도 관계나 행동 패턴을 주름잡는 가공할 만한 신념 프로그램, 그것이 바로 '가족 규칙'이다.

 이 규칙은 부모가 가지고 있는 강한 신념이나 반복적인 행동 습관 등을 자녀에게 무의식적으로 심어 버리는 행위로, 주로 메시지

마음 명작

를 통해 형성되는 '내면화된 규칙'이다. 이러한 규칙은 순기능의 규칙과 역기능의 규칙으로 구분되어 형성되는데, 성인이 되어서까지도 오랫동안 지속되면서 한 개인의 신념이 되고 직접적인 인지 체계에 영향을 주어 가치관으로 형성되기도 한다.

대부분의 이런 규칙들은 오랫동안 고착되어 건강하게 변형되고 바뀌어야 할 생각을 못한다. 특히 역기능 규칙들은 가면체로 살아가는 힘의 동력이 되기 때문에 반드시 찾아내고 변형시키는 것이 중요하다.

가장 대표적인 역기능 규칙들을 꼽으라면 "말하지 말라", "느끼지 말라", "믿지 말라", "착한 아이가 되라"는 규칙이다. 이 규칙 외에 다양한 규칙들이 있지만, 이 네 가지의 규칙은 세대별로 전수되면서 인간의 신념을 가장 심하게 흔들어 아프게 하는 상한 뿌리와 같은 것들이다.

"말하지 말라"

집안의 비밀스러운 문제나 사연, 그리고 어두운 감정 등을 가족 수치로 인식하고 드러낼 수 없어 입을 닫고 살아가는 규칙이다. 아무도 내가 하는 말에 귀를 기울여 주지 않을 것이고, 만일 내 말을 듣게 되면 나를 못난이로 치부하여 누구도 관심을 주지 않을 거라고 생각한다.

집안에서 말할 수 있는 사람은 오직 역기능 주범자밖에 없고, 내가 말을 한다 해도 들어줄 가슴이 없다고 느낀다. 그래서 자연스럽게 가족 비밀을 담게 되고 마음속 깊게 수치심이 자리 잡게 된다. 가족 안의 중독자 외에는 모두가 쉬쉬하고 지켜봐야 하고 주로 침묵으로 일관한다.

이 규칙을 품고 성인이 되면 어떠한 경우라도 "말하지 말라"는 신념 프로그램이 입을 계속 막기 때문에 은폐체가 확장되기 싶고 불가사이한 사람으로 전락하기 쉽다. 그래서 언제든지 이 규칙이 의식의 신념체계에서 발견되면 발견되는 대로 뽑아내야 한다.

그럼 어떻게 뽑을 것인가? 바로 '드러냄의 훈련'이다. 안전한 울타리, 즉 신뢰가 형성되어 있는 곳에서 드러내야 한다. 안전한 장소가 아닌 곳에서 드러내면 드러낼수록 아픔으로 다가오기 때문에 본인의 의견과 생각을 자유롭게 애기할 수 있고 지지와 용기를 얻을 수 있는 곳에서 나누고 드러내야 한다. 그래야 이 신념의 뿌리를 뽑을 수 있다.

그 작업이 가정에서 이루어진다면 더없이 좋다. 가족끼리 일주일에 한 번이라도 시간을 정하여 식탁에 앉아 무조건적인 수용과 지지의 분위기를 조성한다면, 아주 자연스럽게 이 뿌리는 도려낼 수 있다. 상대가 드러내고 나면 꼭 "수고했어."라고 말하거나 "용기 내어 줘서 너무 고마워."라고 해 주면 된다.

"느끼지 말라"
정서적으로 건강한 아동은 반드시 보고 만지고 누리고 말하는

마음 명작

자유를 누리고 자란다. 그러나 역기능 가정 안에서 자란 아이나 아동은 이와 같은 자유가 허용되지 않고 자라기 때문에 희로애락의 감정을 이해하기란 쉽지 않다. 가정 내에서 유일하게 감정을 쏟아내고 사는 사람이 역기능 주범자이기에 그 가운데 자란 아이들은 자연스레 억압하는 기술을 먼저 배워 버리게 된다.

"우리 집안이 어떤 집안인데 여기서 울어! 뚝! 안 그쳐!" 이러한 메시지들을 은연중에 듣다 보면 본인도 모르는 사이 "느끼지 말라"는 규칙이 형성된다. 그리고 누구 하나 가족 내에서 감정을 나눠 주지 않았을 때에도 어김없이 이 규칙은 만들어진다. 문제는 이를 품고 성인이 되면서 억압된 아픈 사연들도 함께 내재화되고, 그 사연들이 변질되어 우울과 불안을 생산하는 재료가 된다는 것이다.

감정은 정말 중요한 마음의 원료이자
상처를 태우는 착화제이다.

물체와 물체끼리 만나면 열이 발생한다. 이것은 물체의 역학적 에너지가 열에너지로 바뀌는 현상이다. 이와 비슷하게 우리의 자아도 현상과 사연을 마주할 때마다 열과 같은 에너지가 만들어지는데, 이것이 감정 에너지이다. 이 감정은 긍정적인 에너지와 부정적인 에너지로 나뉘는데, 모두 잘 다루는 기술만 터득하면 순기능의 에너지원으로 우리 육체와 마음에 유용하게 쓰일 수 있다.

긍정적인 성질의 감정은 우리의 몸과 마음을 단련시켜 주는 중요한 원동력이 된다. 자연의학 전문가 도슨 처지의 연구에 따르면, 우리 몸에서 다양한 감정이 형성되면 뇌에서는 파킨슨병과 같은 끔찍한 질병을 예방해 주는 도파민이라는 물질이 형성된다고 했다. 도파민은 그뿐 아니라 다양한 양질의 호르몬을 생성해 우리 몸의 면역을 채워 주는 일등공신이 되기도 한다. 또 내적 힘을 형성해 주는 중요한 원료, 즉 자아가 '사연 돌봄'과 '사연 독립'을 충분하게 실행시킬 중요한 힘의 근원 역할도 동시에 수행한다.

그리고 부정적인 감정은 꼭 태풍이나 파도와 같은 자연적인 에너지와 흡사하다. 태풍은 잘못 맞서기라도 하면 엄청난 피해를 당할 수 있어서 그 세력이 소멸될 때까지 반드시 기다리는 것이 지혜로운 방법이다. 부정적인 감정일수록 태풍이나 파도처럼 그 세력이 소멸될 때까지 지켜보는 것이 대단히 중요하다. 그리고 안전하게 물길을 열어 줘야 한다. 거센 바람의 위력에 맞서려고 하고 높은 파도의 외형만 보고 무서워 숨어 버리면 감정으로 인한 내적 · 외적인 순기능은 얻지 못한다.

지구상에 태풍이 없다면 지구는 평안할까? 다시 질문해 보자. 바다에 파도가 없이 잔잔하기만 한다면 어떻게 될까? 지구상에 태풍이 만들어지지 않는다면, 먼저 바다생물은 적조로 인해 생존이 힘들게 되고 생태계의 질서도 혼란을 겪게 될 것이다. 태풍이든 바람

마음 명작

이든 형성되어야 대기 중의 에너지를 운반하여 지구의 온도를 일정하게 유지시켜 주고, 해수를 뒤섞어 순환시킴으로써 바다의 적조현상을 소멸시킨다. 이 때문에 태풍은 잘 대비하고 조심하게 다루면, 상당 부분 이로움이 될 수 있는 것이다.

우리의 감정도 태풍과 같다. 내면 깊숙이 가라앉은 찌꺼기들, 즉 아픈 사연들을 자아가 만질 때마다 감정과 함께 의식 밖으로 분리된다. 이것이 바로 '사연 독립'의 과정이고 '비워짐'의 과정이다. 즉, 안팎으로 사연을 돌보거나 독립시켜 나갈 때 감정의 역할이 필수적으로 사용된다는 것이다.

감정은 우리 마음의 큰 하수와 같이 흐르고 있다. 어원적인 의미로 굳이 구분한다면 감정(Emotion)은 'Energy'와 'Motion'의 합성어이다. 즉, 움직이는 힘을 일컬어 감정이라고 하는 것이다. 이것이 마음속에 하수처럼 흐르고 있다. 꼭 우리 몸에 경락이라는 줄기처럼 말이다.

마음이 치유된다는 것은 감정이 돌아가면서 마음에 가라앉은 상실의 쓰레기들을 밖으로 퍼다 나르는 원리이다. 앞 장에서 언급했듯이 흔들리고 아파할 때 감정이 형성되고, 그 감정과 함께 마음은 새롭게 비워짐을 경험 한다. 잘 퍼다 나르면 마음은 가벼워지고 새로운 치유의 기쁨이 꿈틀거리는데, 이 흐름이 도중에 막히거나 그 감정이 아예 정지된 상태가 되면 마음은 금세 어두워지고 답답해지는 것이다. 이런 감정의 순환으로 자아는 매일매일 꾸준히 성장하고 진화되어 간다.

흐르는 강에 물줄기를 막는다고 돌을 던지는 바보가 어디 있겠는가? 그런데 흐르는 감정의 시내에 돌을 던져 감정의 흐름을 막겠다며 살아가고 있는 이들이 많다. 이것이 느끼지 말라는 규칙으로 형성된 '억압(repression) 프로그램'이다. 즉, 아픈 사연으로 흔들리고 아파할 때 형성된 감정들이 충분히 애도의 과정(Grief Process)을 통해 비워짐을 경험하게 되어 있는데, 느끼지 말라는 규칙에 의해 수용되지 못하고 꽁꽁 짓밟아 버리는 것이다. 그래서 비워지지 못하는 것이다.

감정이 제대로 의식이라는 큰 바다로 가야, 자아인식이 확장되고 퍼다 나르는 사연도 용해되어 녹을 것이 아닌가? 그런데 이 규칙이 형성된 사람은 끊임없이 '억압'이라는 돌을 던져 감정의 물줄기를 막으려 하고 아픈 사연을 꽁꽁 싸맨 다음, 흔적도 없는 무의식의 심해에 던져 버리려 한다. 그러면서 이 방법만이 생존의 최선이라고 말하며 살아간다.

그런 삶의 결과는 끔찍하게 나타난다. 몸에는 원인도 알기 힘든 통증들이 올라오고, 마음에는 전혀 예측하지 못한 부적응적인 행동화를 만들어 낸다.

한번 형성된 감정의 흐름은 막을 수 있는 것이 아니라

마음 명작

반드시 잘 흘러갈 수 있도록 길을 열어 줘야 한다.

그것이 억압을 해체하는 길이고,

아픈 사연을 독립시켜 주는 유일한 길이다.

삼라만상의 이치를 깨우치기 위해서는 결코 형태로만 봐서는 본질을 꿰뚫어 보기가 힘들다. 앞 장에서 말했듯이 반드시 서로 다른 형태로 입체적으로 비춰 봐야 알 수 있다. 우리가 태양이 관영하는 낮을 정확히 이해했다는 것은 달이 관영하는 밤을 충분히 지내 봤기 때문일 것이다. 단순한 진리를 발견하려면 거짓의 속성을 알아야 하고, 우주의 섭리를 품으려면 카오스(Chaos)라는 우주 이전의 혼돈을 알아야 하는 것이 이치이다.

감정도 마찬가지이다. 기쁨을 제대로 배우려면 슬픔에 반드시 젖어 봐야 하고, 긍정을 제대로 갈구하고 삶의 철학으로 세우려면 반드시 부정을 경험하고 만져 봐야 가능하다. 대부분의 인간이 안정을 갈구하고 몸부림치며 사는 것은 두려움과 불안 속에 살아 봤기 때문이라 보면 된다.

이처럼 감정도 한 몸체에 각각 다른 성질로 돌아가고 있다. 부정이나 긍정이나 양 각에서 나오는 기운이지만, 결국 같은 에너지로 만나서 흐르고 있는 것이다. 감정이 하나의 성질로 이루어져 있는데 구별 지어 어떤 것만 취하고 어떤 것은 버리려 한다는 것은 참으로 어리석은 행동이라 할 수 있다.

분노라는 감정은 신이 우리에게 허락한 최고의 감정이다. 그 깊은 심지에는 자기 보호의 감정이 들어 있다. 누군가가 나의 육적·영적·심적·성적 경계선을 침범했을 때 여지없이 분노는 만들어진다. 자기의 정체감과 존재감을 빼앗기지 않고 유지하려는 최선의 방어 시스템이다. 이것을 '자기 보존의 감정'이라고 말한다.

그런데 타인에게 경계선이 늘 침범당하는데도 적절한 분노를 사용하지 못하고 꾹 참고 관망만 하고 산다면, 그 자아는 십중팔구 병들게 되고 마음은 깊은 상처를 받고 늘 아파하게 된다. 그렇다고 화를 내라는 소리가 아니다. 적절한 대면과 직면을 해야 한다는 말이다. 앞 장에서 말했듯이 분노라는 감정은 태풍과도 같기 때문에 충분히 소멸되기를 기다린 다음, 용기를 갖고 비합리적인 부분을 직면해 나아가야 자아를 지킬 수 있다.

모든 감정은 내면에 큰 양질의 순기능을 얻는 반면 미성숙한 감정으로 변질되기 쉽기 때문에 그만큼 잘 다뤄야 할 에너지이다.

어떤 장례식장을 가 보면 실제 슬픔을 누르고 표현을 못하는 가족들을 보게 된다. "느끼지 말라"는 규칙이 그렇게 만들었다. 실제 울어야 할 자리에 울지 않고 결국 장례를 치르고 난 후에 며칠 동안 우는 경우를 보게 되는데, 이들 모두 슬픔의 억압을 자주 사용하여 고착화된 결과라 할 수 있다.

필자가 이끄는 마음 치유 세미나 중에 '상처 분리' 시간이 있다.

마음 명작

어색하게 지켜본 분들도 간혹 있긴 하지만, 대부분은 태어나서 한 번도 경험하지 못한 애도를 쏟아낸다. 이것이 억압의 실타래가 풀어지는 과정이다. 슬픔은 반드시 충분히 애도하고 쏟아내야 그 속에 슬픔의 뿌리가 뽑히고 기쁨이 만들어진다. 그것을 우리는 심리학적으로 '카타르시스'라고 한다.

혹시 당신의 사연 아이한테서 "네가 느끼는 감정은 유치한 것이야", "도대체 바보짓 그만해, 부끄럽지도 않니?"라는 메시지가 올라오고 있다면 내면에는 십중팔구 '느끼지 말라'는 무서운 규칙이 들어 있음을 알아야 한다.

"아이야, 그러지마.
나도 어릴 때는 그래야 되는 줄 알았는데
성인이 되어 보니 이렇게 사는 것이 나를 헤치는
주범임을 알았어.

아이야! 충분히 느끼렴.
아프면 아프다고 좋으면 좋다고 말이야.
너의 억압된 아픔을 내가 반드시 풀어 줄게."

라며 아이를 반드시 달래 줘야 한다.

그렇다. 내면에 존재하는 사연 아이에게 자유를 준다는 것은 반드시 희로애락에 대한 감정 전체를 누리고 만지게 해주는 작업이다. 우리의 마음은 고통스러운 것만 자꾸 억압하면 즐거운 감정을 전혀 못 느끼게 된다. 슬픔을 충분히 느끼고 소유할 때 자아 인식은 "이 슬픔을 통해 내 마음이 청결해지는구나!"라고 인식하고, 절망을 충분히 받아들였을 때도 "이 절망 속에서 나는 희망의 씨앗을 찾게 되었구나!"라고 기뻐하고, 분노라는 감정을 적절하게 표출하고 드러내는 방법을 배우면 "그래, 잘 견뎠어. 이것으로 날 지켰으니 너무 기뻐!"라며 성취감을 형성하게 되어 있다.

잊지 말아야 한다. 감정은 어느 것 하나 버릴 것이 없는 자원이라는 사실을 말이다. 절대 돌을 던져 막을 수 있는 성질이 아님을 말이다. 돌로 막는다는 것은 억압된 감정이 버티다 버티다 가슴으로 내려와 '화'를 굳게 하는 일이다.

이 '화'는 1996년 미국정신의학회에서 한국인의 문화 관련 증후군으로 등재하면서 'Hwa-byung'이라는 명칭으로 사용되었는데, 계속 쌓아 놓으면 나중에 어떤 방법이든 터지고 터질 때도 그냥 터지지 않고 우리 몸에 가장 약한 장기와 흡착되어 함께 망가지는 무서운 놈이다. 홍수가 나서 물이 범람한 것처럼 세포를 공격하는데, 더욱 심하면 암세포로 변하기도 한다. 모두 "느끼지 말라"는 규칙 때문이다.

"남자는 결코 울면 안 돼!"
이 말에 일찍 단명했을 중년 남성들이 얼마나 많았겠는가?

마음 명작

마음껏 울어라! 할 수 있다면 안전한 곳에서 소리 내어 울어야 산다. 성별을 떠나서 말이다. 남자보다 여자가 오래 사는 이유도 바로 우는 것에 달렸다 해도 과언이 아니다. '프로락틴'이란 생물학적인 호르몬이 여자에게만 특별히 많이 부여한 것을 보면 신은 여자를 많이 사랑하는 것 같지만, 눈물은 모두에게 공평하게 허락한 신기한 묘약이다.

감정. 이것은 신이 우리에게 허락한 최고의 선물이다.

또한 감정은 피와 같다. 몸에는 피가 있어서 모든 영양소도 나르고 노폐물도 함께 분리하고 옮기는 일을 한다. 마음에도 감정이 있어서 피와 똑같은 일을 수행한다. 얼굴에 주름이 하나 더 늘어 가는 것을 걱정하지 말고, 내 심연의 감정이 하나씩 말라가는 것을 두려워해야 한다. 감정이 메마르면 정말 내 마음의 청소부가 없어지는 꼴이 되기에 말이다.

그럼 이 규칙을 치유하려면 어떻게 해야 할까? "느끼지 말라"는 규칙 대신 언제든지 자아를 향하여 "넌 느끼고 표현할 자유가 있어."라고 말해야 한다. "넌 행복한 것만 느껴야 해. 절대로 화를 내선 안 돼!"가 아니라 "넌 행복을 느낄 수도 있지만 건강하게 분노도 사용할 수 있는 거야!"라고 말해 줘야 한다.

그리고 이 규칙으로 형성된 감정에 대한 신념 작업을 반드시 해야 한다. "나는 반드시 ~ 해야 한다"라든지 "결코 ~ 할 것이다"라는 대화, 성, 역할 등 다양한 역기능 감정의 규칙들을 찾아내어 반드시, "결코 ~가 아니라 때로는 ~, 가끔은 ~"이라고 변형시켜 나가야 한다. 그리고 이것을 습관처럼 인식하고 내면에 정착되도록 훈련시켜 나가야 한다.

"믿지 말라"

역기능 주범자의 내면에는 현실에 대한 불만족과 인간관계의 부적응으로서 얻어진 불신의 가치관이 상당 부분 내재되어 있다. 양육자의 정서가 수시로 바뀐다든지 약속을 잘 이행하지 않는 경우라든지 말이다. 반드시 이러한 규칙은 은연중에 아이들에게 영향을 끼친다.

특히 역기능 주범자의 대부분은 현실을 왜곡시키는 왜곡체(Shadow Level)가 높아서 무슨 일을 해 보지도 않고 안 될 것이라고 쉽게 포기하고 단정 짓는다. 꿈을 세우려 노력하지도 않고 은연중에 아이들에게 부정적인 메시지를 각인시킨다. "아무도 믿지 마!", "사람은 믿을 대상이 아니야", "세상도 믿지 말고 누구도 믿지 마." 이렇게 말이다.

한 가지 덧붙인다면, 방임과 유기를 당한 아이도 이러한 "믿지 말라"는 규칙을 은연중에 품게 된다는 것이다. 누구도 자신의 바람을 들어줄 대상이 없다고 생각하기 때문에 필요한 것이 있어도 당당하게 요구하지 않고 혼자서 충족하는 법을 배우게 된다. 결혼을 해서도 배우자와 상의하지 않고 혼자서 쉽게 결정하고 가장 친한 사람,

마음 명작

심지어 가족 간에도 상의 없이 결정하고 통보하는 식으로 살아가는 자기 충족적인 유형으로 살아간다.

이 규칙을 변형하기 위해서는 원하고 바라는 것을 말할 수 있도록 안전한 울타리를 형성해 줘야 한다. 작은 것부터 하나씩 내면에 존재하고 있는 아이에게 신뢰를 주어야 한다. 그리고 더 이상 믿고 떳떳하게 바랄 수 있도록 손을 내밀고 용기를 불어넣어 줘야 한다.

"착한 아이가 되라"

이것이 무슨 역기능 규칙이겠는가 생각하겠지만, 위에서 말한 규칙들 이상으로 무서운 규칙이 이것이다. 여기서 착한 아이가 되라는 것은 실수하지 말고 아무 문제도 일으키지 말고 부모를 돌봐 주는 사람이 되라는 의미이다. 즉, 아예 성인 아이로 살아가라는 규칙이다.

성인 아이는 두 가지 개념으로 볼 수 있다. 하나는 몸은 성인인데 정서적인 상태는 미숙한 아이인 경우가 있고, 몸은 아이인데 정서 상태는 어른인 경우가 있다.

이 착한 아이는 어릴 적에는 아이로 못살고 어른으로 사는 경우가 많다. 학교에 가도 오로지 엄마 걱정, 동생 걱정, 집안 걱정을 한다. 집에 가도 집안일에 설거지, 밥 해 주고 동생들이 사고 치면 자기가 혼난다. 특히 아버지가 안 계신다든지 엄마가 아프다든지 부모가 모두 죽었을 경우 대부분 착한 아이가 만들어진다. 외형적으로 보면 효녀이고 효자이지만, 일치되지 않는 성인 아이의 전형적인 모습인 것이다.

이 아이가 성인이 되면서 또 바뀌게 된다. 몸은 성인이지만 정서 상태는 미숙한 아이로 말이다. 즐기는 것에 대하여 두려움이 생기고 성공의 꿈을 꾸고 살지만, 아픈 가족 그림이 너무 지배적이어서 끊임없이 가족을 돌보며 살아가야 하는 슬픈 아이가 되고 만다. 이 아이는 언제든지 가족 사연이 내면의 아픔으로 돌아가기 때문에 '슬픔-분노-외로움-수치심-죄책감-혼란-두려움-실망-당황-즐거움-무감각'의 감정 사이클을 계속 반복해서 돌린다. 이것이 착한 아이의 감정 사이클이다.

이들의 특징을 조금 더 살펴보자. 이들은 절대적으로 부모를 편하게 해 주고 정서적인 역할로서 부모의 감정 표현에 대해 최대한 속상하지 않으려고 애를 쓴다. 특히 부모 앞에서는 절대 울지 않으며 마음속에는 "엄마는 행복해야 해!" 하며 본인의 감정보다는 항상 부모의 감정을 먼저 챙긴다. 그리고 비판적이거나 부모가 원하는 것은 먼저 알아차리고 부모의 뜻대로 늘 하려고 한다. 그야말로 효녀 · 효자다.

그리고 부모의 수치스러운 사연은 결코 떠올리지 않는다. 부모와의 행복한 시간 외에는 절대로 가족 사연을 기억하려 하지 않는다. 이것이 바로 앞서 배운 억압 중의 선택적 망각이다. 이러한 배경에는 어린 시절의 아픈 기억들을 스스로 필름처럼 편집해서 좋은 기억만 안고 살아가고 싶은 생존의 몸부림이다.

그렇게 되면 어두움의 감정들을 수용할 수 있는 내적 힘이 없어지

마음 명작

면서 즐거움을 제대로 즐기지 못한다. 살면서 표정만이 아니라 속에서부터 올라오는 기쁨을 단 한 번도 제대로 느끼지 못한다.

착한 아이는 결코 건강한 규칙이 아니다.
역기능 가정 안에서 생존의
처절한 아픔으로 빚어진 가슴 아픈 그림이다.

5

빚음 다섯

나를 흔드는 마음의 독

내 안에 치유되지 않은 아픔의 자리를
빨리 발견하는 것이 곧 치유의 시작입니다.
그 자리가 잃어버린 나를 발견할 수 있고
나를 양육할 수 있는 유일한 자리입니다.

상처라는 아픈 사연

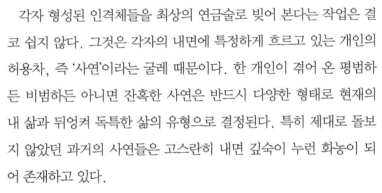

    각자 형성된 인격체들을 최상의 연금술로 빚어 본다는 작업은 결코 쉽지 않다. 그것은 각자의 내면에 특정하게 흐르고 있는 개인의 허용차, 즉 '사연'이라는 굴레 때문이다. 한 개인이 겪어 온 평범하든 비범하든 아니면 잔혹한 사연은 반드시 다양한 형태로 현재의 내 삶과 뒤엉켜 독특한 삶의 유형으로 결정된다. 특히 제대로 돌보지 않았던 과거의 사연들은 고스란히 내면 깊숙이 누런 화농이 되어 존재하고 있다.

    이것이 상처가 갖는 힘이다. 전혀 예측하기 힘들게 각자의 마음 속에 기쁨과 고통의 형성점마저 달리 만들어 버리는, 그래서 상처 치유는 체계화되고 논리화된 기법으로 일관화 시키기에 처음부터 불가능했다. 모두 각자 고유한 사연 때문이었다. 결코 몸부림친다고 분리되고 떨쳐버리는 것이 아니라는 것이다.

    인간은 대부분 살아온 삶 그 자체를 인고(忍苦)의 삶이라 말한다. 즉. 상처투성이라고 말이다. 정신분석관점에서도 인간이 경험하는

마음 명작

모든 것들은 결국에 가서 치유해야하는 결정적인 상처로 남게 된다는 원리가 지배적이다. 그래서 어떡해서든 무리를 해서라도 잊어버리고 떨쳐버리려고 애를 쓴다. 시간과 물질을 아낌없이 허비하면서 말이다.

　필자가 그동안 바라본 상처는 이렇다. 잊어버리고 떨쳐버리기 보다는 돌봄과 독립적 성격이 강하게 내포되어 있었다. 분명히 우리의 내면을 흔들고 할퀴기에 충분한 기개(氣槪)를 품고 있지만 형질적으로 뜯어보면 돌봄과 독립적 사연을 품고 있는 에너지의 한 덩어리로 언제든지 자아를 통하여 양육해 주기를 기다리고 있다는 것이다. 중요한 것은 아픈 사연을 돌봐주고 독립시켜줘야 할 자아가 제 구실을 못하고 살아왔다는 것이다.

　돌봄이나 독립은 아무나 하고 시킬 수 있는 것이 아니다. 부모와 같은 양육자의 기능이 갖춰졌을 때 가능한 일이다. 아이를 생산해놓고 '적당히 시간이 흐르면 알아서 자라고 독립하겠지'라는 무책임한 부모가 어디 있겠는가? 자세히는 모르지만 잘 키우려 몸부림치지 않겠는가 말이다. 자녀의 발달심리를 듣고 배우고 관찰하여 최상의 양육환경을 형성하려 노력하듯이 상처라는 아이를 품었다면 반드시 관찰하고 귀기울여 듣고 함께 가슴치며 느껴야 한다는 것이다. 스치기만 해도 아픈 상처를 말이다.

돌봐야 할 사연과 독립시켜야 할 사연

아픈 사연을 제대로 양육하려면 먼저 수용적 동기화로 충분히 자아를 무장해야 한다. 지혜를 바탕으로 말이다. 그 지혜는 먼저 아픈 사연을 앎으로 시작되고 그 앎은 충분한 내적 통찰이 되고 그 통찰은 멋진 실행적 동기화를 형성시키며 그 실행은 내면을 온기 있게 지펴주는 지혜를 생산케 한다. 그래서 수용적 동기화는 아픈 사연을 충분히 돌보고 품게 해주는 원동력이 된다. 그리고 양육된 사연들이 제대로 독립 되려면 철저한 신뢰적 동기화를 내적 바탕에 깔아야 한다. 아픈 사연이 건강하게 독립한다는 것은 자발적 분리 작업으로 그 바탕에는 충분한 신뢰와 용기가 흐르고 있다고 보면 된다. 비자발적 분리는 억지스런 이별, 즉 상호간에 신뢰가 없기 때문에 고스란히 아픈 자흔을 남기지만 자발적 분리, 준비된 분리는 가슴 아프지만 내면에 멋진 우월적 동기화를 선물로 가져다주는 자아통합의 산물인 것이다.

아픈 사연을 잘 돌봐주고 잘 독립 시켜줄 때
상처는 비움과 소생의 자원이 되고 자유라는
긍정적인 에너지로 바뀌게 된다.

외면에서 형성된 고통의 위력이 커 보이는 것은 내면에서 충분하게 돌봐지지 않은 사연들이 내적 강화의 발목을 붙잡고 있기 때문이다. 따라서 고통의 형성점은 결코 외면적 요인으로 몰아갈 수

마음 명작

있는 부분이 아닌 현재 나의 내면에 존립하고 있는 자아의 몫이다.

　그래서 자아는 충분하게 아픈사연을 돌봄과 독립의 과정을 통하여 강화되어 간다. 그런데 이 과정을 경험하지 못한 자아는 도리어 내면의 아픈 사연의 굴레에 빠져 허우적 거리게 된다.

　아마 앞으로 불특정한 다수, 어느 누구라도 이러한 아픈 사연의 굴레를 벗어나지 못한다면 내면의 고통은 벗겨지지 않는 채 이곳 저곳, 이사람 저사람 의지하며 살아갈 것이 뻔하다. 다소 외면적 삶이 살아갈 만하더라도 결코 통합적인 심적 만족과는 거리가 있을 것이다. 특히 '상실된 사연', '아픈 가족에 대한 사연'을 방치하고 산다는 것은 자아가 병들어 가는 가장 가슴 아픈 비극을 목도하며 살아가야 할 것이다. 상처라는 덩어리를 품고 말이다.

　지금부터 이 덩어리를 하나씩 만져 가자. 힘겨운 작업일 수 있다. 아픈 사연을 만진다는 것 말이다. 그러나 치유라는 꽃을 피우기 위해 철저히 수용과 신뢰 그리고 용기를 품어야 한다고 하지 않았던가.

　이제 마지막으로 상처 치유로서의 여정을 떠났으면 한다.

　혹시라도 가는 도중에 당신의 심연에서 올라오는 아픈 감정들이 만져진다면 당황치 말고, 그동안 배운 훈련을 기반으로 충분히 두 팔 벌려 만나 주길 바란다. 앞 장에서 말했듯이 충분한 용기와 포용력을 발휘하면서 말이다. 아니, 발휘해야 한다. 이미 당신의 내면은 그렇게 길들여져 있다. 그동안 내면을 치유할 기회가 많았는데도 치유되지 않았던 것은 당신의 자아가 아픈 사연들을 반겨 맞을 준비가 되지 않아서였다. 그러나 지금은 상황이 다르지 않는가? 결코 피하거나 돌아가거나 소리치며 내쫓지 말고 두 팔 벌려 안아 주기로 나와 약속하자.

당신의 자아를 향해 힘찬 용기와 응원을 보낸다.
그리고 멋진 자아 강화를 통하여 아픔을 기꺼이 품어 내어
누구도 비견키 힘든 걸작으로 빚어내 보자.
상실로 얼룩진 사연이든 분노로 가득 찬 사연이든
억울함으로 가득 찬 사연이든
후회와 절망으로 붉어진 사연이든 말이다.

마음 명작

치유의 기도

신이시여!
나의 슬픔과 고통이
고개를 듭니다.

당신의 손길로 찾아오사
치료하여 주소서.

– 새빛 詩 그리고 눈물 중에서

내 마음을 흔드는 세 가지 독

내 안에 울고있는 사연아이가 울 때 반드시 함께 울어야 한다.
울지 않으면 그 아이가 흘린 눈물이
밖으로 나오지 못한 채 그대로 고여 썩고 만다.

길을 걷다 넘어져 무릎에 피가 나는데도 이를 무시하고 방치하는 사람이 어디 있겠는가? 아마 없을 것이다. 몸은 그렇게 잘 다루는데 마음은 방치하고 사는 이들이 많다. 가족 간이든 친구 간이든 연인이든 모두 과거에 불가피하게 당했던 상처들을 그냥 무시하고 억누르면서 제대로 관리하는 방법도 모른 채 여전히 멀쩡한 척 살아간다.

몸과 마음은 반드시 하나의 고리로 연동되어 있다. 이 말은 결코 차별을 둬서는 안 된다는 의미이다. 몸에서 전달되는 신호 하나 간과하여 무심코 넘기다 보니 결국 돌이킬 수 없는 후회를 하게 되는 경우가 종종 있듯이, 마음의 상처도 신체의 상처처럼 그냥 방치하면 곪아서 나중에 더 큰 문제를 일으킨다. 반드시 몸도 마음도 제

마음 명작

때 치료를 받아야 한다.

우리는 그동안 자아 인식의 확장을 통하여 내적 힘을 배웠다. 이 내적 힘을 통해 과거의 상처라는 보자기의 잘못 싸여진 기억들도 다시 풀어 잘 정돈하는 법도 배웠다. 그리고 상처는 덮어 두는 것이 아니라 언제든 재경험으로 독립되거나 돌봐져야 타인에게 부정적인 영향을 미치지 않는다고도 들었다.

안타깝게도 과거의 구타, 집단 따돌림, 성폭력을 당했던 사람들은 훗날 여러 가지 형태의 현상적 결과를 만들어 낸다. 상처라는 과거의 독이 자아신념을 뒤흔드는 것이다. 이런 아픈 기억 속에서 현상은 남았지만 감정이 전혀 떠올려지지 않는다든지, 감정은 올라오는데 현상이 기억이 나지 않는다든지, 어느 경우에라도 무엇보다 생존이 중요하게 자리 잡으면서 형성된 결과라고 할 수 있다.

정신분석에서는 인간이 경험하는 모든 일들은 결국에 치유해야 할 결정적인 상처로 남게 된다고 한다.

그렇다. 그 시기 경험했던 내면의 자아는 얼마나 힘들었겠는가? 어떻게든 생존하려고 몸부림치면서 본인도 모르게 형성된 다양한 심리 기제를 품으면서 꼭 스스로 문제 아이가 된 것처럼 살아가지 않았을까? 그러면서 자의든 타의든 가혹한 폭력성을 띠면서 말이다. 이러한 모든 배경에 아픈 상처가 있다.

우리의 내면에는 고통이 형성되는 순간 신속히 아픔을 잊기 위해 자아가 몸부림치기 시작한다. 이럴 때 은연중에 자주 사용되는 심리 기제가 앞서 말한 '억압'이라는 프로그램이다. 상처를 잘 덮는다고 애쓰면서 스스로 처리해 보려는 참혹한 몸부림이다. 그렇게 처리한 상처가 흔적 없이 녹아서 형체도 없어지면 좋겠지만, 상처라는 성질은 그리 만만한 상대가 아니다.

아픈 사연은 기억하거나 기억하지 못한 문제가 아니다.
시간이 흐르면 사건은 망각되지만,
상처라는 보자기에 싸여 있는 한 결코
덮어 둔다고 덮어 둘 수 있는 것이 아니라는 점이다.

어릴 적 아버지한테 아픈 상처를 받고 치유되지 않은 상태에서 성인이 되면 그 아이는 그 시기에 형성된 상한 감정을 가족이나 주변인에게 쏟아붓고 살아가는 경우가 많다. 이것을 '전이 감정'이라고 하는데, 치유되지 않은 아픈 상처는 반드시 내면 아이의 기폭제(Trigger)가 되어 언제든지 전이 감정으로 발전된다.

미국의 어느 심리학 연구소에서는 이런 연구 결과를 냈다. 9세 이전에 가정에서 부모한테 두려움과 불안의 공포를 느낀 아이들이 40년이 지나서 성인병으로 나타난다는 것이다. 9세 이전에 느낀 아이의 두려움의 파장이 사형수가 느끼는 두려움의 파장과 흡사하다는 놀라운 연구 결과이다. 우리 몸의 60조의 세포가 그동안 형성된 모든 상처를 다 관망하고 느꼈다는 게 믿어지는가?

마음 명작

자연지리학에 '연륜편년학(Dendrochronology)'이라는 학문이 있다. 수목의 나이테(연륜)를 가지고 과거 사실의 연대를 측정하는 방법으로, 나무의 원판을 잘라 내서 분석하거나 아주 작은 구멍을 뚫어 그 코어를 분석해서 나무가 겪어 온 과정, 즉 옛날 기록이 없었던 시대의 기후까지 추정하기도 한다. 마치 사람의 지문처럼 몇 년 치의 연륜 자료만 있으면 당대의 가뭄, 화재, 병충해의 영향까지도 추측할 수 있다니 놀라운 기술인 듯하다.

인간도 나이테와 유사한 줄이 있는데, 그것이 생존 라인이다. 이 줄은 태내기 때부터 성인에 이르기까지 생존하면서 연도별로 고르게 원을 형성하며 만들어지는데, 상처를 입으면 라인에 흔적이 생겨 끊어지거나 휘어진다. 그 상태로 성인이 되어도 여전히 생존 라인은 끊어져 있는 상태로 있게 된다. 그렇게 끊어져 있든 휘어져 있는 생존 라인의 줄을 펴 주고 이어 주는 역할이 바로 마음 치유, 마음 훈련이다.

그 상처 중 대부분이 원가족에서 형성되었고, 그중 부모로부터 받은 상처가 가장 큰 비중을 차지한다. 지금 내가 마음의 상처로 힘들어하고 있다면 끊어지거나 휘어진 생존 라인이 있다는 증거라고 인식하면 될 것이다.

그래서 상처는 제대로 치유되지 않으면
시간이 흐른다고 결코 없어지지 않는다.

마음 회복은 자아 인식의 질에 따라 흔들리고 아파해도 시간이 지나면 자연스럽게 좋아지지만, 상처는 근본적으로 다른 차원의 것이기 때문에 아무리 시간이 가도 고름은 고름이지 결코 살이 될 수 없다는 것이다. 그래서 아프지만 뽑아내야 한다.

상처가 고통스러운 것은 사건 자체는 생생하게 기억나지 않는데, 원인도 알 수 없는 심리적 고통이 계속 따라다니며 괴롭히기 때문이다. 예를 들어 매일 알 수 없는 두려움에 사로잡혀 있다든지, 무슨 일을 하려고 할 때 제대로 집중하기 힘들다든지, 무엇을 향유하려고 할 때 순간순간을 누릴 수 없게 만든다든지, 누군가를 계속 만나지만 쉽게 싫증을 낸다든지 마음껏 웃지도 울지도 못하게 만든다든지 등이다. 그래서 치유되지 않는 상처로 인해 자아는 계속 현실을 부인하게 만들고, 나중에는 현실 세계를 조정하면서 거짓말도 하고 주변에서 들려오는 메시지들을 왜곡시키는데 엄청난 에너지를 쏟게 만든다.

이러한 상처로 인하여 생긴 독이 바로 마음의 독이다. 이 독은 세 가지의 형태로 내면에 퍼져 고통을 주는데, 바로 과거 · 현재 · 미래를 모두 지배해 버린다.

첫 번째 "상실의 독"

우리의 자아는 언제든지 대상을 통하여 내면의 욕구를 충당하려는 심리가 있다. 어릴 적 '애착'이라는 심리도 이 중의 하나인데,

마음 명작

이러한 애착 활동을 통해 일정하게 자기의 감정이나 정신적 에너지(리비도)를 충당할 대상에게 집중시키는 행위를 정신분석에서는 '카섹시스(Cathexis)'라고 한다.

카섹시스된 대상이 어떠한 사연으로 갑자기 눈앞에 없어졌거나 전혀 무방비한 상태에서 아픈 일이 닥치면 내면은 엄청난 슬픔과 두려움, 절망 등의 감정으로 함몰된 상태가 되어 버린다. 이러한 상황 속에서 결국 상실의 독이 만들어진다. 그러면서 이 독이 의식에 퍼지면서 끊임없이 뭔가를 놓쳤다고 생각한다. 후회와 절망, 슬픔이 계속 만들어지며 자아를 과거의 상실의 밭으로 끌고 간다. 우리의 자아가 과거의 잡혀 살면 살수록 내면에서는 "답답해! 채워줘! 못 살겠어!"라는 메시지들이 올라오고 지나온 일들에 대하여 끊임없이 후회하게 된다.

상실은 소중하고 가치 있는 것들(물건, 사람, 동물, 돈, 건물)을 잃어버렸거나 갑자기 그것들이 눈앞에 사라졌을 때 느끼는 감정이다. 다른 표현으론 '비자발적인 분리'라고도 한다. 전혀 예측하기 힘든 경험, 즉, 스스로 원하지 않았지만 일어난 사건, 즉 갑작스런 질병사나 교통사고, 사업 부도나 직장 해임, 실연 등 정말 소중하게 여긴 것들이 전혀 준비되지 않는 상태에서 눈앞에서 사라질 때 형성되는 현상이다.

반대로 '자발적인 분리'라는 것이 있다. 이것은 준비된 상실과도 같은 의미인데, 예를 들자면 유년기와 청소년기를 지나 성인기를 맞아 부모 곁을 떠나는 자연스런 독립의 형태라고 보면 된다. 이러한 자발적인 분리에서는 상처가 만들어지지 않는다. 충분하게 분리할 수 있는 준비와 인식을 토대로 진행되기 때문에 잠깐의 아쉬움은 있지만 시간이 지나면 충분히 회복된다.

이처럼 자발적 분리는 어느 정도 상실을 준비할 수 있지만 비자발적 분리는 폭풍처럼 고통과 아픔을 만들어 버린다. 이것이 나중에 큰 아픔과 상처로 남는 것이다. 우리의 삶은 얻고 잃는 것의 연속이고 만나고 헤어지는 과정의 연속이라 해도 과언이 아니다. 그래서 이 모든 애착과 분리 과정은 자연스러운 현상이다. 그러나 상처는 그런 성질과는 전혀 다른 맥락이다. 전혀 준비되지 않는 급작스런 상실의 경험 속에 작든 크든 마음의 독은 형성되고 있다. 우리가 이 독을 밖으로 뽑아내지 않는다면 내면 어딘가에 사라지지 않은 채로 계속 흘러 다닐 것이다. 상한 감정의 사이클을 반복하면서 말이다.

분노 ⇒ 슬픔 ⇒ 외로움 ⇒ 두려움 ⇒ 슬픔 ⇒ 우울함 ⇒ 절제감 ⇒ 수치심 ⇒

상실의
감정사이클

마음 명작

이것이 상실의 독으로 인한 상한 감정 사이클이다. 갑자기 떠나버린 대상에 대한 분노가 만들어지고, 그다음 단계로 난 버림받았다는 생각이 올라오면서 슬픔이 올라오고, 그다음 떠난 대상에 대한 그리움이 만들어져 외로움의 공허감이 강하게 올라오고 그 상태로 오래가면 '만약에 ~ 했더라면'이라는 후회와 자책을 되풀이하면서 살아가는 사이클이다. 그러므로 상실의 독은 이런 사이클을 계속 돌리면서 끊임없이 자아를 과거에 데리고 가서 살게 하는 무서운 독이라고 생각하면 된다.

두 번째 "불만족의 독"

현재 살고 있는 자아를 괴롭히는 독이다. "싫어! 왜 이것뿐이야? 이게 전부야? 한심하다!" 이런 말들이 내면에서 만들어진다. 상실의 독이 주로 퍼트린 아픔이 '후회감'이었다면, 이놈은 현재 '기대감'을 확장시킨다. 마음 합성에서 소개했던 기대체의 레벨을 올리는 대표적인 놈이다.

사람이 느끼는 행복이나 만족감은 절대적일 수 없다. 물론 기본적인 생활이 유지된다는 전제가 필요하지만, 늘 주관적이고 상대적이다. 타인과 비교해 자신이 낫다고 판단될 때 스스로 만족하고 행복하다고 느끼기 마련이다. 그렇기에 사람은 자기 수준에서 타인을 비교하는 비교병에 철저히 걸려 있다.

올림픽 시상대에서 은메달리스트보다 동메달리스트의 표정이 밝다. 애석하게 금메달을 못 딴 은메달리스트에 비해 3, 4위전에서 이겨 메달이라도 딴 동메달리스트의 만족감이 더 크기 때문이다. 행동경제학에서 얘기하는 '끝이 좋아야 만족한다'는 피크-엔드 효과 (Peak-end Effect)다. 이것이 비교이다. 동메달에 비하면 은메달이 높지만 금메달에 비하면 은메달은 한 단계 뒤처지고 실패해 보인다.

　이것이 지금의 현실세대의 가장 취약한 비교 문화이다. 우리가 살고 있는 이 시대는 철저하게 비교사회로 접어들었다. 살아남기 위해선 남보다 더욱 나은 생활을 해야 행복한 줄 인식하게끔 몰아가는 비교문화의 현실이다. 이 비교문화가 낳은 최고의 참상이 바로 '자학'이다. 이 신드롬에 들어가 버리면 반드시 형성되는 것이 기대라는 뿌리이다. 기대체에서 설명했지만 이 뿌리로 인해 통제와 조정, 그리고 대부분이 '현실 불만족'이라는 바람을 빵빵하게 불어 넣어 버린다.

　그래서 결국 기대라는 뿌리가 현실세계의 불만족을 퍼트려 괴롭히는 것이다. 항상 몸과 마음에 힘이 들어간 상태, 즉 잔뜩 경직된 채로 살아가게 만든다. 골프를 하는 사람들이 자주 하는 말이 있다. 그 말은 어깨에 힘을 빼라는 말이다. 정말 멋지게 공을 날리고 싶어서 잔뜩 힘을 주어 골프채를 휘두르면 공은 더 멀리 날아가지도 않고, 심지어 바닥으로 굴러가는 자치기가 되어 버리기도 한다. 멀리 날리기 위해선 더 힘을 주어 쳐야 할 것 같은데 결과는 정반대인 것이다.

　플루트나 피아노를 처음 배울 때도 몸과 손에 힘이 잔뜩 들어가

마음 명작

면 연주법을 터득하기가 힘들다. 그 무거운 역도마저도 그저 힘으로 할 것 같은데, 분명 힘이 아닌 요령이고 기술이다. 이처럼 현실에도 기대감으로 힘이 들어가면 아무것도 이룰 수가 없다.

그렇다. 이것이 기대감이다. 이 기대감이 바로 불만족의 독으로 형성된 내적 뿌리이다. 이 독은 반드시 누군가를 통제하고 바꾸려고 몸부림친다. 하물며 본인까지도 만족하지 못하여 멀쩡한 외모를 손대고 끊임없이 배우는 데만 급급해 이곳저곳 돌아다닌다. 물론 무언가를 배우고 깨닫는 것은 대단이 중요한 일일 것이다. 하지만 상실의 독을 품고 배우는 지식은 내적 자아를 돌보는 목적이 아닌 외적 자아를 타인에게 드러내기 위함이기에 먼저 내면에 박힌 이 뿌리를 먼저 발견하는 것이 중요하다.

힘 빼기 원리를 터득해야 한다. 이것이 이 불만족의 독에서 벗어나는 길이다. 쓸데없는 자존심으로 뭉친 사람의 몸은 잔뜩 힘부터 들어가 있지 않는가. 눈빛에도 말에도 심지어 글에도 좋은 의미의 힘이 아닌 쓸데없는 힘이 느껴지고 뻣뻣하다. 잔뜩 힘이 들어가 언제나 그 파워로 이길 것 같은데, 결국 늘 패배하거나 대접을 못 받고 사람들 사이에 불협화음을 만들어 낸다. 결국 자기 몫도 못 찾고 상대방의 허점만 찾아 뒤에서 비방 작전을 비겁하게 펼친다. 무서운 불만족의 독 때문이다.

이 독으로 인해 대한민국의 가정이 몸살을 겪고 있다. 얼마 전 한 신문사는 가정폭력을 일으키는 대부분의 원인이 현실 불만족이라고 보도했다. 도대체 무엇이 이들을 난폭꾼으로 만들었을까? 모두 불만족의 독 때문이다. 풍선처럼 빵빵하다. 소리도 내지 못한 피리를 붙잡고 꽥꽥 소리만 지르고 있다. 힘을 빼야 하는데 말이다.

기대라는 '불만족의 독'은
가장 인간을 인간답지 못하게 만드는 주범이다.

자동차로 사막을 횡단하는 사람들의 이야기다. 사막을 자동차로 달리다 보면 바람에 날린 흰 모래가 길을 덮어 방향 감각을 잃게 된다고 한다. 이러한 현상을 불어로 '프슈프슈'라고 하는데 프슈프슈 지대에서 자동차가 빠지지 않고 살아나오는 방법이 하나 있다. 바퀴의 바람을 빼는 것이다. 타이어에 바람을 빼면 바퀴가 땅에 닿는 접촉면이 넓어지고 자동차의 높이도 낮아져서 쉽게 나올 수 있다는 것이다.

우리의 자아도 이러한 독에 의해 부풀어진 통제적 · 기대적 바람을 뺀다면, 반드시 이 독성에 의해 흔들리고 고통받는 일은 없을 것이다.

세 번째 "불안의 독"
이 독에 빠지면 허상과 실상의 갈림길에서 늘 흔들린다. 이 독이 만든 최고의 참상이 바로 공상이다. 이 불안에 독에 빠진 이들의 마음통로에는 80%가 '염려'라는 쓰레기인데, 이 염려라는 본질은 상

마음 명작

당 부분 허상과 실상의 갈림길에서 자아를 방황하게 만든다. 이것이 바로 '불안'이다. 굳이 오지도 않을 미래를 먼저 걱정하는 병이다. 자주 쓰는 메시지는 "어떡하니? 큰일이구나. 넌 도대체 뭐하는 사람이니? 미치겠다. 이제 틀린 것 같아!" 등이다.

유아기로 돌아가 보자. 뭔가 몸에서 신호는 오는데 어떻게 해야 될지 모른다. 바로 생리적 반응이다. 기저귀를 갈아 주러 온다는 확신이 있다면 아이는 울지 않을 것이다. 그러나 "나는 버려진 것 같아.", "엄마는 오지 않아! 틀림없이 나는 누구도 나의 문제를 해결해 주지 못해!"라고 생각되면 계속 운다. 울음을 터트려 엄마를 호출하는 소리가 아니라, 인식의 오류 속에 버려진 것 같아서 우는 것이다. 이것이 바로 불안체의 본질이다. 그래서 부모의 적절한 양육은 아이의 불안을 보살펴 주는 데 대단한 기능을 한다.

치유되지 않는 불안의 독은 굳이 오지도 않을 미래에 자아를 데려다 놓는다. 건강한 자아는 결코 오지 않을 미래에도 절망적인 과거에도 살지 않는다. 항상 지금 현재(Here and Now) 나와 함께 존재한다.

우리는 매일 점검하고 생각해야 한다.
내 자아가 오지도 않을 미래에서 헤매고 있지 않는지,
후회와 절망의 과거에서 방황하고 있지는 않은지 말이다.

그렇게 과거에서 방황하고 있고 미래에서 헤매고 있는 자아를 만나는 것이 치유의 시작이다. 특별한 방법이 있는 것이 아니다. 그냥 만나면 된다. 만나서 왜 방황하고 있는지, 왜 그곳에서 헤매고 있는지 물어봐야 한다. "아가야, 넌 왜 여기에 사니?" 분명한 이유가 보일 것이다. 가서 만나고 물어보고 귀 기울여 주면 어느새 그 아이는 깨우치게 된다. "아! 내가 더 이상 방황할 필요가 없었는데, 더 이상 헤맬 필요가 없었는데 헤매고 있었구나!" 하고 말이다. 그 순간 자아는 본래의 집으로 돌아오게 된다.

이러한 마음의 독이 치유되지 않은 상태로 살아간다면 인간은 후회, 기대, 불안이라는 세 축으로 인해 자아는 숨쉬기 힘들 정도로 하루하루 고통 속에서 살아갈 것이다.

어떤 날은 상실의 독에 의해 과거에 살다가 어떤 날은 잘 사는 것 같더니 미래 공상의 나라에 있고, 그리고 돌아와서 현실 속에 존재하는 모든 대상들을 비교 대상으로 묶고 통제하고 바꾸려고 기대감의 바람만 늘 빵빵하게 채우고 다닌다면 십중팔구 자아 행복이 아닌 자아 불행의 기차에 머물러 살아가게 될 것이다.

건강한 자아는 결코 오지 않을 미래에도,
그리고 절망적인 과거에도 살지 않는다.
항상 지금 현재 나와 함께 존재한다.

마음 명작

사연아! 사연아!

필자의 어릴 적 기억 속에도 아픔이 있다. 훗날 이것이 이렇게 아픈 사연이 되어 내면에 자리 잡게 될 줄은 추호도 몰랐다. 아픈 이들의 마음을 치유하고 그들과 함께 울어 주면서도 말이다.

열 살쯤 되었을까? 어릴 적 아버지의 선박사업 부도로 상당히 힘들었던 때가 있었다. 어머니와 집에 있는데 몇몇 사람들이 집으로 돈을 받으러 찾아왔고, 그들은 아버지와 말다툼을 크게 했다. 급기야 아버지와 큰소리가 오갔고 그것을 바라본 어머니는 순간 경련을 일으키며 바닥에 쓰러졌다. 너무나도 큰 충격이었다. 어린 나로선 정말 어머니를 잃을 수 있을 것 같은 두려움에 밤새 떨었다.

그리고 며칠 뒤 학교에서 돌아와 보니 어머니의 표정이 이상했다. 옥수수 쪄났으니 먹으라면서 밭에 일하러 간다고 나가려는 것이 아닌가. 어린 맘에 뭔지 모르지만 극심한 불안이 몰려왔다. 그리고 대문을 열고 나가는 어머니를 뒤쫓아 가서 어머니에게 안겼다. 그런데 어머니의 배 속에 무언가가 느껴지는 게 아닌가. 바로 농약병이었다.

어린 나의 직감이 맞았을까? 어머니는 날 보며 무너졌다. "그래 안 죽어. 걱정 마!" 이러면서 어머니는 곡간에 농약병을 갖다 놓으면서 훌쩍거렸다. 감수성이 남다르게 컸던 나로선 도저히 감당키 힘든 상황이었다.

그때부터 나의 내면에선 슬픔의 열매를 맺는 나무가 자라고 있었던 것 같다. 마음을 공부하면서 점점 그 나무에 대해서 알게 되었고, 그 나무가 그날 엄마를 바라보면서 제대로 울지도 못한 내 안의 아픈 사연 아이였음을 알게 되었다.

성인이 되어 가면서 이 아이가 키우는 슬픔 나무가 나의 자아 인식을 상당 부분 바꿔 놓았다. 시도 때도 없이 슬픔의 열매들이 마음의 통로를 타고 올라왔다. 그 열매가 올라오면 결코 울고 싶어도 소리 내어 울지 못했다. 언제든지 나를 힘들게 짓누르고 자존감도 자신감도 모두 앗아가 버렸다. 그래서 성인이 되어서도 나는 제대로 한번 울거나 웃어 본 기억이 없다. 가끔 그 열매들이 올라올 때마다 강한 억압도 쓰고 치환도 쓰면서 말이다.

이것이 아픈 사연이다.
이 사연을 품고 있던 아이를 내가 조금만 빨리 만났더라면
나의 심리적 방황은 그만큼 줄어들었을 것이다.

이처럼 상처는 앞 장에서 말한 것처럼 우리의 자아를 흔들어 대고 현상 속에 뒤엉켜 나를 지배한다. 그래서 상처는 시간이 해결해 주

마음 명작

는 것이 아니라, 반드시 치유의 과정을 통하여서만이 분리될 내면의 과제이다.

상처 치유를 위해서는 먼저 아픈 사연을 구분할 줄 알아야 한다. 특히 우리 내면의 아픈 사연은 크게 두 가지로 구분할 수 있다. 아주 지독하게 '나쁜 사연'과 가슴 아픈 결핍 사연, 즉 '아쉬운 사연'이다.

'나쁜 사연'은 일어나서는 안 됐던 끔찍한 사건이다. 심각한 근친 폭력이든 학우 간 폭력이든 용납될 수 없는 일들이다. 신체적인 폭력, 집단 구타도 여기에 속하고, 성폭력과 성학대, 성추행도 모두 여기에 속한다. 우리나라 여성들의 80%가 크고 작은 성폭력, 성추행의 경험이 있다고 한다.

그리고 믿었던 사람에게서 들었던 심한 욕설, 배신, 그런 일들은 드물겠지만 부모가 밥을 굶겼다든지 감금 · 체벌 등 신체적인 학대, 정신적인 모욕 모두 나쁜 사연에 속한다. 이 사연들은 성인기로 자라면서 환경과 자아의 강도에 따라 서서히 좋아지기도 하고 심각한 후유증이 나타나기도 한다.

앞서 설명했듯이 무엇보다 생존이 중요하기 때문에 이런 상처가 있는 분들은 자연스럽게 덮는 기술을 터득한다. 그러면서 아무렇지 않게 살다가 갑자기 울기도 하고 분노를 표출하기도 한다. 결국 여러 가지 부적응적 인격장애, 성격장애로 나타나기도 하는데 이것을 '외상후스트레스장애(PTSD)'라고 한다. 전문가를 통한 심리치료가 반드시 필요하다.

앞서 말한 대로 마음 치유에는 왕도가 없다. 길을 모르면 철저히 헤매고 문제를 더욱 키우는 것이 마음이다. 치유사를 통하여 조언을 받고 건강한 자아를 갖게 되었을 때 행복한 미래를 설계할 수 있음을 잊어서는 안 된다.

두 번째 사연은 '아쉬운 사연'이다. 아쉬운 사연으로 비롯된 상처는 우리의 의식과 신념에 가장 큰 영향을 주는 중요한 사연이다. 바로 결핍에 대한 과거 사연이다.

유아·청소년기에 부모와 많은 시간을 함께 갖지 못했던 이들, 한 번도 생일 파티나 가족 행사 때 즐거운 기억이 없는 이들, 잘했다는 칭찬도 제대로 못 듣고 자란 이들, 인정·지지·수용을 한 번도 제대로 받아 보지 못한 이들, 맛있는 음식을 제대로 못 먹었던 이들, 부모 이혼의 아픔 속에 아빠와 놀이공원 한 번 못 갔던 이들, 어머니가 일찍 돌아가셔서 엄마의 품을 모르고 자란 이들, 정서적으로나 신체적으로 뭔가 부족하여 풍성하게 자라지 못한 과거가 늘 마음에 남아 있는 이들은 아쉬운 사연에 해당한다.

여기서 아쉬운 사연이 나쁜 사연보다 훨씬 우리에게 영향을 주는 것은, 나쁜 사연은 비교적 또렷하게 기억해 낼 수 있지만 아쉬운 사연은 드러내거나 발견하기 힘든 사연이라서 억압의 강도로 보면 내재화된 사이즈가 훨씬 크기 때문이다.

성인기에 일어나는 독특한 집착부터 애증, 반목, 욕망, 중독 등

마음 명작

건강치 못한 심리적 패턴의 80%는 이 아쉬운 사연에 의해 지배를 받는다고 생각하면 된다. 이 사연을 품고 흔적도 없이 숨어 있는 사연 아이를 발견하는 것이 치유의 가장 중요한 핵심이다.

연인이든 배우자든 이 아쉬운 사연에서 완벽히 독립하지 못했거나 양육되지 못한 상태에서 결혼을 하게 되면 상대방을 통해 결핍을 채우려 하기 때문에 결혼 전에 반드시 서로의 사연을 꺼내어 인식하고 양육해주는 시간이 중요하다. 함께 살아 주겠다고 고백한 그 사람이 무슨 죄가 있겠는가? 그러나 부부는 서로의 사연 아이의 존재를 철저히 알고 발견한 다음, 이 결핍적 사연에 귀 기울이며 살아야 한다. 가장 유치한 행동을 해서라도 서로 아픈 사연을 양육할 수 있다면 점잔빼면서 불화하는 것보다 훨씬 나을 것이다. 최소한 다른 문제로의 갈등은 만들어지지 않을 테니 말이다. 이것이 사연 돌봄의 과정이다.

마음 치유를 통한 자아 인식은 창공을 향해 고백할 것이다.
"결핍은 수치스런 내 인생의 최악이 아니라
신이 준 가장 멋진 선물이었다!"라고······.

나는 당신이 필요합니다 '인간중독'

아프리카 초원에 서식하는 음지 식물로, 소량의 물과 햇빛으로 살아가는 '유추프라카치아'가 있다. 이 식물은 누군가가 자기 몸을 건드리면 무슨 결벽증이라도 있는 것처럼 3개월도 안 되어 죽어 버린다. 이 식물을 수십 년 연구한 박사가 있었는데, 연구 결과 이 식물은 어제 건드린 사람이 애정을 가지고 오늘도 내일도 모레도 계속 만져 줘야 죽지 않는다는 사실을 발견했다. 참으로 기이한 식물이다.

우리의 내면에도 이와 꼭 닮은 심리적 행동 기제가 존재한다. 바로 타인의 손길을 끊임없이 필요로 하는 '사람 의존성'이라는 심리적 행동이다. 앞서 말한 내적 결핍으로 형성되며 잦은 상처로 인하여 얻어지는 가슴 아픈 인간 중독증이다.

상처로 흡착화된 가슴아픈 인간중독

우리의 자아는 건강하면 할수록 상처를 분리하는 힘도 함께 확장된다. 상한 사연과 상처들을 제대로 돌보거나 분리하지 못한 자아는 자연스럽게 주변 가족이나 타인을 통해 내면의 공허감을 채우려 한다. 쉽게 말하면, 내면의 깊은 공허감을 채우려는 시도로 사람들에게 집착한다는 것이다.

주로 역기능 주범자와 함께 살아가는 배우자가 잘 걸리는 증상이 바로 이것이다. 극단적으로 가면 갈수록 무서운 대인의존성과 사람 중독으로 발전한다. 이 의존성은 끊임없이 병적인 인간관계를 맺는다. 심해지면 정체성 혼란으로 늘 위기적 내면 상태로 살아가야 하고, 더욱 깊어지면 인간 존재의 중심부에까지 영향을 미치는 정신질환으로 발전한다.

사람과의 관계를 가질 때도 본인은 진실하다 하지만 진실하지 못하고, 집착 대상이 생기면 그 사람에게 잘해 주고 따뜻한 호의를 베풀면서 내면의 허기를 채우려고 한다. 그런데 좀처럼 채워지지 않음을 느끼면 그 사람을 통제하기 시작하고 미워하며, 심해지면 끊임없이 주변을 탐문하고 조사하고 의심하고 조정하고 경멸하다 애증의 관계로 발전하고 만다. 그리고 슬픈 이별을 톡톡히 겪고 만다.

상한 사연들로 인한 가면결탁이다. 타인의 가면과 본인의 가면 모두 내적인 자아 강도가 낮다 보니 구별할 힘도 경계도 흐릿한 것이다. 그래서 늘 잘못된 자아 인식을 생산해 버린다.

타인의 가아(假我)도 진아(眞我)도 진짜 본인의 자아(自我)로 착각하면서 말이다. 이런 상태로 사람들과 관계를 맺게 되면 이중적인 마음이 혼합되어 배우자든 자녀든 부모든 본인도 모르게 조정적인 관계로 발전해 버리고 만다.

조정은 반드시 경멸을 낳고 경멸은 반드시 애증으로 발전한다.
그리고 가슴 아픈 이별을 해야 한다.
그 배후에 가아(假我) 즉, 거짓자아가 존재한다.

이 증상에 걸리면 본인이 누군지, 감정적 요구가 무엇인지 모르게 된다. 심지어는 본인이 무섭다고 하기도 하고, 내가 열심히 아이들과 가족을 위해 사는 것밖에 없는데 억울하다고 하소연하기도 한다. 끊임없이 자아를 찾기 위해 종교 생활도 열심히 해 보고 등산도 다녀 보고 뭔가를 배워도 보지만, 허기진 마음은 도저히 떨칠 수가 없어서 늘 외롭고 공허하다고 말한다.

"누군가를 의지해서 사는 것이 뭐가 잘못된 건가요? 인간은 혼자서 살아갈 수 없는 존재이잖아요?"하며 말할 수도 있을 것이다. 그렇다. 사람은 홀로 살 수 없다. 사람은 반드시 누군가를 의지할 수밖에 없다. 아주 자연스러운 일이다. 그러나 사람을 의존하는 방식이 일반적이지 않다. 즉, 건강치 못한 관계 방식으로 어떨 때는 과다 의존을 하기도 하고 어떤 때는 역의존으로 관계를 맺기도 한다는 것이다. 누군가가 미치도록 좋다고 주변에 과잉 찬사를 떠들어대다가 조그마한 일만 생기면 더 이상 그를 이제 믿지 않을 것이고 "의지하지 않을 거야! 내가 미쳤지!"라고 바뀌는 정도가 심하다는 것이다.

마음 명작

이들의 공통적인 특징들을 정리해 보면, 자아인식체계의 경계선이 불분명하여 흐릿한 신체적 · 정신적 · 정서적 경계선이 있다는 것이다. 그래서 끊임없이 바꿀 수 없는 것에 매달리기도 하고, 바뀌지 않는 것에 대해서도 끊임없이 염려하고 걱정하기도 한다. 사소한 의사 결정을 할 때에도 남이 대신 결정해 달라는 경우가 많고 나의 행복은 다른 사람에게 달려 있다는 생각하면서 남들이 인정해 주느냐 무시하느냐를 대단히 중시하며 살아간다. 모두 상처에 대하여 지나치게 예민한 결과라고 보면 된다.

　이러한 성향이 조금이라도 있는 사람들은 자아 분화를 통해 충분하게 치유 훈련을 받아야 한다. 마음이 치유된다는 것은 이러한 의존성들의 뿌리를 뽑아내는 것으로, 그 뿌리를 뽑는 작업이 내안에 사연독립과 분리작업이다. 내적 결핍으로 만들어진 상처들을 빨리 발견하고 찾아야 한다. 그리고 사연 아이를 만나 양육하고 돌봐야 한다.

　이제는 더 이상 기대지 않아도 된다고,
　꿋꿋하게 독립해도 된다고,
　넌 이제 성인이 되었다고 말해 줘야 하는 것이다.

양육과 치유

이제 내 마음에 용기 주리라
이제 내 마음에 자유 주리라

이제 내 마음을 양육하리라
이제 내 마음을 치유하리라
위로도 사랑도 감격도
주리라.

마음 여행

지금까지 마음 여행은 어떠셨나요?

삶을 힘겹게 살아오셨든 아니셨든
당신의 자아는 반드시 존중받아야 하고
당신의 사연 아이는 끝까지 잘 돌봐 줘야 함을
언제든 잊지 마시길 바랍니다.

그동안의 과정을 통하여
당신의 내면에 폭넓은 자아 인식과
내적 항상성(Inner Homeostasis)이
형성되었으리라
확신해 봅니다.

이제 치유의 마지막 단계인 실행만 남겨졌습니다.
마지막까지 최선을 다하시길 바랍니다.

마음 명작

치유로 나아가는 훈련

신이시여!

우리가 바꿀 수 없는 것은
담담하게 받아들일 수 있는 평온을 주시고

우리가 바꿀 수 있는 것은
우리가 그것을 바꿀 수 있도록 용기를 주옵소서.

그리고 이 둘의 차이를 분별할 수 있도록
지혜를 주옵소서.

내일을 위해 염려하지 않고
하루는 하루로 살게 하시고
주어진 순간순간을 누리며 살게 하옵소서.

고난을 평화에 이르는 여정으로
받아들이게 하옵소서.

독일계 가정에서 태어난 정치학자이자 신학자 라인홀드 니버
(Reinhold Niebuhr)의 기도가 있다. 전 세계 중독자들의 모임에서 자주
읽히는 유명한 기도이다. 바뀔 수 없는 것을 바꾼다는 것은 공상이
다. 또한 바뀔 수 있는 것도 못 바꾼다고 우기는 것도 공상이다. 공
상은 불안과 두려움을 계속 생산하는 씨앗이다. 그동안 모든 이들이
힘들게 살고 있는 원인에 대하여 명쾌한 답을 내려주는 문구이다.

고통은 아직도 그 바뀔 수 없는 사연 속에 헤매는 것을 말한다.
대부분 과거의 아픈 자리에 머물면서 역기능 가족을 통제하고 바꾸
려고 하면서 고통을 더욱 가중시킨다. 그리고 그 고통이 통제와 증
오와 미움으로 발전한다. 그 욕구에서 벗어나서 내가 초연해지려
면, 현실을 수용하고 바뀌지 않는 사연들을 있는 그대로 받아들이
는 것을 배워야 한다. 그 일이 가장 나다운 나로 사는 것임을 알게
될 것이다. 반드시 드러내서 수용해야 한다. 하루라도 빨리 수용할
수록 마음이 편해진다. 그것이 용서이고 치유다.

마음 치유는 성찰을 통하여 바뀔 수 없는 사연과 바뀔 수 있는 사
연들을 만지게 한다. 그리고 그것을 구별하는 지혜를 품게 만들어
준다. 그것이 성찰의 과정이고 내면의 걸작을 빚는 과정이다. '아!

마음 명작

그동안 이것을 바꾼다고 붙들고 있었구나!', '아! 그동안 이것을 수용 못하고 버티고 있었구나!' 이렇게 통찰을 통하여 반드시 내면에 고착 화된 신념들을 만져야 한다. '나의 생존 방식인데 어떻게 바꾸겠어?' 라고 버틴다면 그만큼 인생이 손해다. 충분히 힘을 길러야 한다.

그리고 하루는 하루로만 살아야 한다. 마음의 독 중에서 불안의 독에 빠진 이들은 현재에 머물지 않고 오지 않을 미래에 가서 산다. 이런 이들은 아침에 눈을 뜨면 걱정과 두려움, 미래에 대한 불안이 몰려온다. 오지 않을 미래에서 현실을 바라보니 얼마나 못나 보이고 답답해 보이겠는가? 부부간의 갈등이 생겨도 마찬가지다. '이 사람과 어떻게 20년, 30년을 살까?' 까마득할 수 있다. 그래서 불안한 마음에 이혼하는 이들이 많은 것이다.

반드시 하루는 하루로 살아라.

그렇다. 오늘은 오늘로 최선을 다해 살아야 한다. 대부분 성공하는 사람과 그렇지 못한 이들의 큰 차이가 바로 시간 관리다. 하루하루 최선을 다해 시간을 쪼개고 최선을 다했더니 그 노력의 시간이 쌓여 기쁨의 결실을 보는 것이다. 조급성이 생기는 것은 오지 않을 미래에 가서 살기 때문이다.

사람이 조급해진다는 것은 심리적인 병증으로 여러 가지의 원인을 내포하고 있다. 사회적으로도 불안 심리를 이용해 돈벌이를 하는 사례도 급증하고 있다. 다시 말해, 일확천금을 벌 수 있는 확률

게임들이 우리 주변에 많은 이유는 모두 불안 심리에서 비롯된 조급성을 겨냥한 음모들이다. 반드시 분별해야 한다. 그리고 명심해야 한다.

하루가 쌓여 내일이 있고
내일이 쌓여 미래가 결정된다는 진리를 말이다.

주어진 순간순간을 누리며 살아간다는 것은 절대 축복이다.

앞 장에서 설명했듯이 과거의 아픈 상처를 품고는 순간순간을 결코 누릴 수 없다. 밥을 먹어도 산책을 해도 여행을 다녀도 밥맛이 밥맛이 아니고 경치가 경치로 들어오지 않는다. 짜증이 난다는 것이 아니고 무덤덤해진다.

이것이 상처로 인한 자아 착색화(Ego Coloration)이다. 과거의 아픈 사연으로 인해 긍정적 사고 체계가 착색되어 자아인식의 감각을 무뎌지게 만드는 것이다. 그렇게 되면 오늘 하루를 살면서 좋은 일도 분명히 있었는데, 잠을 자려고 누우면 안 좋은 기억만 난다. 그래서 순간순간 누리지 못하고 산다는 것은 가장 바보 같은 짓이다.

어느 매체의 앙케이트를 보니 인생 80년을 항목별로 분류해 놓았다. 일하는 데 26년, 잠자는 데 25년, 먹고 마시는 데 6년, 화장실에서 3년, TV 보는 데 10년, 화내는 데 2년, 아무 생각 없이 보내는 데 2년, 사랑하는 사람과 대화하는 데 2년이었다. 물론 개인차는 있

마음 명작

겠지만 많은 이들이 공감하리라 본다. 그렇다면 80년의 인생에서 나다움을 제대로 세우는 삶은 몇 년이나 될까?

살아 숨쉬기도 아까운 세월인데 말이다.
그 세월을 내면의 걸작을 빚으며 살아야지,
졸작으로 살 필요가 뭐 있겠는가?

명심하자. 바꿀 수 있는 것은 반드시 바꾸고 바꿀 수 없는 것은 받아들이고 살아갈 때, 우리는 순간순간 감사와 긍정으로 하루를 물들이고 살 수 있다는 사실을 말이다. 그 하루가 쌓여 희망과 행복으로 수놓인 미래가 목전 앞에 펼쳐질 것이다. 당신이 반드시 그렇게 살아갈 때, 현실에 닥친 어떠한 고통도 평화로 만들어 살아갈 수 있을 것이다. 그 삶을 두고 세상은 말하리라.

시리도록 아름다운 내면의 걸작이라고 말이다.

분리할 사연, 돌봐야 할 사연

감기에 걸리면 열이 나고 한기가 느껴지고 근육까지 쑤셔 댄다. 그러다가 약 먹고 며칠 푹 쉬면 대부분 회복된다. 심각한 질병이 아니라면 말이다. 마음도 이와 같다. 주변에서 조금만 도움을 받고 내적 힘을 길러 내면 금방 안정을 취하고 원래 상태로 돌아온다. 심각한 마음의 질병이 아니라면 말이다.

마음 치유는 결코 단기간 형성되는 것이 아니다. 반드시 '실행'이라는 양육 훈련을 통해 얻어진다.

지식이라는 도구는 마음에서부터 올라오는 수많은 증상들을 어느 정도까지는 자각할 수 있도록 도움을 준다. 그러나 사연 분리는 도울 수 없다. 그 이유는 바로 지식이 품고 있는 독특한 가면 때문이다. 이를 '지식가면'이라 한다.

지식이 제대로 구실화 되려면 '앎'이라는 자각을 지나 뼈아픈 통찰로 변화된 다음 우월적이고 긍정적인 실행을 낳아야 되는데 지식이 통찰이 아닌 가면과 만나면서 대부분 생존과 외형적 스펙에 초점이

마음 명작

되어 자아인식에서 공회전만 하고 만다. 무언가를 향해 열심히 돌아가고 있어서 아주 열심히 살아가는 것 같지만 자아 인식을 키워주고 사연을 돌보는 것과는 전혀 별개의 몸부림인 것이다. 그래서 본래 지식은 잘못 다루면 외적인 자존심의 도구는 될 수 있어도 자존감의 원료는 될 수 없음을 명심해야 한다.

> 자각은 증상을 앎으로, 앎은 통찰로,
> 통찰은 세상을 바꾸는 용기 있는 실행으로 옮기는 것이
> 바로 자존감을 살려 주는 지혜임을 한시도 잊어서는 안 된다.

이제까지 형성된 자아 인식을 토대로 내면의 아픈 사연을 발견하고 만졌다면, 이제 본격적인 치유 훈련을 해 보자.

바로 온기 서린 가슴이 하는 일이다.

마음의 건강성의 척도는 나의 내면에 아픈 사연들을 얼마나 발견(자각)하고 자각하여 인정(시인)하고 실행해 나가느냐에 따라 치유 정도가 확정된다. 여기서 중요한 것이 '실행'이다. 치유의 결정적인 근거는 '내 자아가 아픈 사연과 분리할 수 있는 힘이 생겼느냐'이지만, 분리했다 해도 다시 언제든지 원점으로 돌아갈 수 있기 때문에 실행이라는 치유 훈련이 반드시 필요하다. 꼭 마음의 근육처럼 말이다.

근육은 하루아침에 만들어지지 않는다. 꾸준한 운동과 노력에 의해 만들어지는 것처럼 자각보다 더 힘겨운 작업이 바로 내적 근육

을 키우는 치유 훈련이다.

치유 훈련의 첫 번째 단계는 당신의 내면에 귀를 기울여 사는 습관을 들이는 것이다. 순간순간 당신의 사연 아이를 통해 들려오는 메시지들을 들어 보고 확인하고 만져야 한다. 요즘 스마트폰을 끼고 사는 이들이 정말 많다. 눈이 빠질 정도로 하루 종일 쳐다보고 심지어 화장실에서도 무슨 메시지가 왔나 확인들 하느라 정신이 없다.

그런데 내면에서 올라온 메시지는 그다지 귀 기울여 듣지 않는다. 그 귀 기울임의 습관이 당신의 상한 사연을 치유하고 회복하는 길임을 꼭 알았으면 좋겠다. 그리고 내면의 메시지를 돌보고 실행하는 계획을 세워야 한다. 분리할 사연은 분리할 실행 계획을, 계속 돌봐야 할 사연은 돌봐 줘야 할 실행 계획을 각각 짜서 실행해야 한다. 어떤 것도 좋다. 일단 내면에 귀를 기울이고 매일 조금씩 적어 보길 바란다. 이 일이 바로 상처를 치유하는 일인 것이다.

상처

상처를 치유하는 것은
아픈 기억을 지우는 것이 아니라
아픈 사연을 놓아주는 것입니다.

– 새빛 詩 그리고 눈물 중에서

메시지 찾기

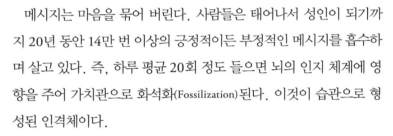

메시지는 마음을 묶어 버린다. 사람들은 태어나서 성인이 되기까지 20년 동안 14만 번 이상의 긍정적이든 부정적인 메시지를 흡수하며 살고 있다. 즉, 하루 평균 20회 정도 들으면 뇌의 인지 체계에 영향을 주어 가치관으로 화석화(Fossilization)된다. 이것이 습관으로 형성된 인격체이다.

그렇다. 인격은 메시지로 형성된다. 어떤 메시지를 흡수하고 사느냐에 의해 삶의 패턴은 완전히 갈린다. 부정적인 메시지가 떨어진 마음의 밭은 단단한 부정적인 밭으로 굳어진다. 특히 잘못된 예언이나 부정적인 메시지는 콘크리트와 같은 성질이 있어서 반드시 상대방의 영혼을 굳게 만든다. 즉, 잘못된 메시지로 길들여진 인식은 상실된 자아 정체성을 품고 그대로 성장한다.

17년 동안 바보로 살았던 미국의 멘사 회장 빅터는 아이큐가 175였다. 하지만 선생님의 실수로 실제 아이큐의 한 자리를 빼고 '75'라는 거짓 메시지로 빅터의 어린 마음을 묶어 버렸다. 그 후 빅터는 17년 동안 동네 사람과 학생들에게 놀림을 받으면서 살았다. 모두

마음 명작

거짓과 부정적인 메시지(Message) 때문이었다.

우리는 반드시 우리도 모르게 내재화된 부정적이고 거짓된 메시지를 발견하고 찾아내야 한다. 찾아서 변형하고 다시 신념화로 훈련시켜야 한다. 우리의 내면에 형성된 균형 잃은 인격체들은 반드시 메시지로 교정하고 치유할 수 있기 때문이다. 이것이 '메시지 치료'다.

우리 자신도 모르게 부정적인 필름이 자아 인식의 영사기를 통해 밖으로 상영되고 있음을 빨리 발견해야 한다. 내 안의 거짓 메시지와 부정적인 메시지를 찾아 반드시 변형하고 바꾸는 작업을 하여야 한다.

※ 어릴 적 들었던 거짓적 · 부정적인 메시지를 끊임없이 생각하여 기록해야 합니다. 이 작업은 일시적인 작업으로 훈련되는 것이 아닌 오랜 시간이 소요될 수 있습니다.

결코 포기해서 안 됩니다. 마음을 정화시키고 새롭게 리셋하는 작업이기에 나의 마음을 위해 인내심을 가지고 작업해 나가시길 바랍니다. 생각만 해서도 안 됩니다. 반드시 떠오르는 메시지를 적고 그걸 품고 있는 사연 아이에게 말해 주는 것이 정말 중요합니다.

진정한 용서

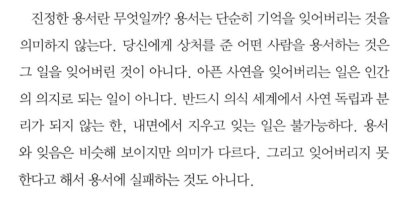

진정한 용서란 무엇일까? 용서는 단순히 기억을 잊어버리는 것을 의미하지 않는다. 당신에게 상처를 준 어떤 사람을 용서하는 것은 그 일을 잊어버린 것이 아니다. 아픈 사연을 잊어버리는 일은 인간의 의지로 되는 일이 아니다. 반드시 의식 세계에서 사연 독립과 분리가 되지 않는 한, 내면에서 지우고 잊는 일은 불가능하다. 용서와 잊음은 비슷해 보이지만 의미가 다르다. 그리고 잊어버리지 못한다고 해서 용서에 실패하는 것도 아니다.

용서는 모든 고통이 즉각적으로 사라지는 것을 의미하지 않는다. 역기능 가정에서 만들어진 고통은 사라지기까지 시간이 걸린다. 우리의 자아가 어린 시절 받았던 정서적인 충격에 더 솔직해져야 하고 용기를 갖고 직면해야 한다. 그리고 건강하게 표출하고 드러내야 한다. 이것이 용서의 첫걸음이다.

이는 참으로 큰 걸음이다. 용서는 과거에서 일어난 아픈 사건 그대로를 떠나보내는 것을 의미한다. 용서는 "과거의 사건이 더 이상

마음 명작

나에게 중요한 문제가 아니다."라고 말하는 것이고, 빚을 청산하는 것과 같다.

나에게 아픔을 준 자들로 말미암아 형성된 상처는
그들을 향한 미움의 매듭이 풀어질 때
용서와 온기가 들어와 차가운 상처를 녹인다.

우리가 반드시 용서해야 하는 이유는, 용서하지 않으면 상처의 차가운 기운에 사로잡혀 육체의 병이 따라오고 그를 미워하는 생각에 사로잡혀서 점점 그와 비슷해지기 때문이다. 그리고 갈수록 미움과 부정적인 자아 인식으로 인해 이 세상을 살고 싶지 않고 주변 사람들과의 친밀감도 떨어져 세상과 사람들로부터 점점 단절된 삶을 살아간다. 그리고 원한에 사로잡힌 마음이 증오와 분노를 생산하고 급기야 세상의 패배자가 되고 만다.

그러나 용서와 이해를 하는 순간, 자아인식에 창이 크게 열리면서 내면 깊은 곳에서부터 형용키 힘든 평안과 기쁨이 용솟음치게 된다.

마음의 즐거움은 양약이라도
심령의 근심은 뼈를 마르게 하느니라.
– 잠언 17장 22절 –

용서의 시간

나에게 아픔을 준 이들을 떠올려 봅시다. 하나하나 떠올리면서 그들을 한 번 용서하겠습니다. 부모님도 좋습니다. 친구도 좋습니다. 헤어진 연인도 좋습니다. 살면서 날 아프게 했던 그들을 한 분 한 분 떠올려 봅니다.

결코 쉬운 작업은 아닙니다. 그러나 용기를 가져야 합니다. 꼭 용서할 계획을 세워 장소를 정해서 하셔야 됩니다. 결코 무리하게 해서는 안 됩니다. 용서하기 쉬운 분들부터 계획을 세우는 것이 좋습니다. 아직까지 미움을 품고 있는 이들이 있다면, 그를 놓아 줄 힘을 만들어서 작업을 해야 합니다. 스스로의 용기를 만들기 위해서는 혼자만의 여행도 좋습니다.

각자 믿고 있는 신을 의지해도 됩니다. 고요한 사찰이나 교회, 성당을 찾아도 좋습니다. 반드시 이 작업을 해야만 내 안의 통제와 증오가 사라집니다.

마음 명작

상처를 녹이는 말

어릴 적 어머니가 빨래를 하실 때 빨랫감을 반드시 가마솥에 넣고 삶았던 기억이 있다. 어린 나이에는 다 이해할 수 없었지만, 지금 생각해 보면 마땅한 세제가 없었기 때문에 그랬던 것 같다. 요즘은 과학이 발달하여 속성으로 빨아 주는 세제뿐 아니라 세제가 필요 없는 세탁기까지도 판매되고 있다.

우리의 마음에도 상처로 얼룩진 아픈 흔적들을 속성으로 빨아 주는 세제가 있다. 그것은 바로 누구나 쉽게 할 수 있는 말, "고마워(Thank you).", "감사합니다."이다. 물론 누군가에게는 잘 알고 있는 사실을 말해서 무엇 하겠느냐고 생각할 수도 있지만, 부부간에도 "고마워."라는 한마디가 결혼 생활을 행복하게 유지해 주는 비밀이라는 것이 최근 연구로 밝혀졌다.

미국 조지아대 연구진이 기혼자 468명을 대상으로 가계 및 자산에 관한 행복도, 부부간의 의사소통, 배우자에 관한 고마운 정도 등을 설문·조사했다. 그 결과 배우자에게 더 자주 "고마워"라고 말한 부부는 그렇지 않은 이들보다 이혼할 가능성이 적은 것으로 나타났다.

"고마워"라는 표현이 부부간의 다툼을 유발하는 계기를 줄이고 서로에 대한 헌신과 서약의 감정을 높여 준다. 그뿐 아니다. 스스로의 몸을 향해 "고마워"라고 말하면 질병을 낫게 하고 안 걸리게 한다. 스스로의 자아를 향한 "고마워"는 자존감을 만들어 낸다. 사연 아이를 향한 "고마워"는 아픈 사연을 언제든지 분리하게 만든다.

지금 함께 소리 내어 고백해 보자!

제일먼저 당신의 이름을 불러주며 내적자아를 향해 고백하자!
(오른손으로 가슴을 어루만지며)

오늘 하루 많은 생각들 사이에서 결정짓고 판단하고 느끼고 깨닫느라 얼마나 고생이 많았니? 거기에다 돌봐야할 사연들까지 처리하느라 너무너무 수고가 많았지! 언제든지 약해지지 말고 너의 제자리에서 그 본분과 소임을 다해주렴. 너무너무 고맙고 사랑한다.

사랑해! 사랑해!

아름다운 모습을 바라보고 나서도 슬픈일을 만나 실컷 울고 나서도 꼭 눈을 향해 "고마워"라고 말해 보라.

눈아! 네가 있어 이런 예쁜 광경을, 이런 아름다운 세상을 볼 수 있구나, 참으로 고마워! 그리고 울고 싶을 때 마음껏 울게 해줘서

마음 명작

고마워 !

   사랑하는 사람을 잡고 나서도 꼭 내 손가락, 손바닥을 향해 "고마워"라고 말해 보라. 손아! 네가 있어서 사랑하는 사람을 만져주고 그 체온까지도 느끼는 구나! 너무너무 고마워!

   아름다운 소리, 자연의 소리, 사랑한다고 고백하는 소리, 위로해 주는 소리를 듣고 나서 꼭 내 귀를 향해 "고마워"라고 말해 보라.
   귀야! 고맙다. 네가 있어 이런 감동스런 소리 모두를 들을 수 있어서 너무너무 좋구나! 참으로 고맙구나.

   맛있는 음식을 먹고 차를 마시고 나서도 꼭 입과 소화기관을 향해 맛있게 먹어 줘서 고마워! 그리고 잘 소화시켜 줘서 고마워.
라고 말해 보라.

   하루도 쉬지 않고 걸어주고 있는 내 다리와 관절, 발목, 발바닥을 향해 생각날 때 마다 만져주며 고맙다고 말해 보자. 내 발아! 내 다리야 앞으로도 잘 부탁한다. 지금까지 함께 걸어와 줘서 너무 고맙구나! 라고 말이다.

   좋은 향기, 자연의 향기, 향긋한 꽃냄새를 맡고 나서
"고마워. 코야! 이런 향기를 맡게 해 줘서."라고 말해 보라.

화장실에서 소변을 볼 때도, 대변을 볼 때도 말해 보라.

"성기야, 고마워!, 항문아! 고맙다. 일평생 아프지 말고 나와 같이해 주렴.

샤워를 하면서 온몸을 만지면서 고맙다고 말하라.

"내 몸아, 나와 함께 지금까지 살아 줘서 고마워!

앞으로도 더욱 관리 잘할게. 평생 나와 함께 살아 주렴.

라고 말해 보라.

그리고 언제든지 본인을 끌어안아 주며 '사랑한다고' 자주 외쳐 보라. 기적을 볼 것이라.

더욱 찾아보면 고마움으로 살아야 할 일들이 천지에 깔렸다. 태어나 지금껏 아무 싫은 소리 없이 나를 위해 하루에 10만 번씩 뛰어 주고 있는 친구가 있다. 바로 심장이다.

제대로 알아주지 않아도 묵묵히 나를 위해 달리고 있는 심장,

"넌 성질이 더러워서 오늘까지만 뛰고 내일 새벽 4시에 멈춰 주마!" 이런 소리 한번도 안하고 열심히 일하는 친구가 아닌가?

그 친구를 포함해 쉬지 않고 나의 몸을 지켜 주고 있는 자율신경계 친구들까지 정말 모두 눈물 나도록 고마운 존재가 아닐 수 없다.

잊지 마라. 감사와 고맙다는 말이 입에 습관처럼 적용되어 살아 간다면, 당신의 마음은 언제든지 순간순간 긍정과 내적 힘을 방출 하게 될 것이라는 사실을……. 그것을 지켜보고 있는 당신 육체의 장기들은 모두 감동과 감격의 호르몬을 방출하게 될 것이며, 어떠 한 내적 · 외적인 질병이 찾아와도 극복하게 될 것이다.

마음이 치유되어 가는 확실한 증거는 바로
범사(凡事)에 감사를 쉬지 않고 자주 한다는 것이다.

항상 기뻐하라. 쉬지 말고 기도하라. 범사에 감사하라.
- 살전 5장 10절~18절 -

마음이 걸작으로 빚어진다는 것은

(1) 허상적이지 않고 현실을 구별하는 능력이 생긴다.

자아가 소극화되면서 겪는 증상 중에 공상이라는 것이 있다. 그 공상은 허상도 사실처럼 믿어 버리기 때문에 우리는 반드시 자아인식을 키울 필요가 있다. 자아가 강화된 의식은 거짓, 가짜, 사기, 허위, 부정 등을 진실로부터 구별하는 능력이 생기게 된다.

(2) 문제해결능력이 강해진다.

어려움으로부터 도망가려 하지 않는다. 오히려 어려움과 역경을 문제 해결을 위한 기회로 삼는다.

(3) 수단과 목적을 구분하기 시작한다.

과정이 결과보다 더 중요할 수 있다는 의식을 갖고 순간순간을 하루하루를 최선을 다하게 된다.

(4) 혼자 있는 생활도 즐길 만해진다.

마음 명작

남들과 함께 하는 시간뿐 아니라 혼자 있는 시간에도 편안함을 느낄 수 있다.

⑸ 사회적인 압력에도 굴하지 않게 된다.

항상 사회에 순응하며 살진 않는다. 겉으로는 평범해 보이지만 속으로는 자아 강화를 통하여 주변의 압력에 영향을 받지 않는 안정된 심리를 갖는다.

⑹ 다양성의 가치가 눈에 들어오기 시작한다.

인종, 문화, 개인의 다양성에 열린 자세를 취한다. 자아가 소극화될수록 타인의 생김새나 형틀만 보고도 판단하거나 지적한다.

⑺ 인간다워지기 시작한다.

사회적 관심, 동정심, 인간미를 지니고 있다. 자아 강화의 대표적인 것은 내면의 힘이 있다는 것이고 가슴의 보일러가 가동한다는 것이다. 그래서 그 힘이 스스로와 타인을 온기 있게 만든다.

⑻ 인간관계를 깊이 할 수 있는 인격을 지니게 된다.

수많은 사람들과 피상적인 관계를 맺기보다는 깊은 관계를 유지하는 것을 선호한다.

⑼ 방어를 해체하기 시작하며 유머도 즐기는 여유가 생긴다.

경직과 굳어짐에서 여유와 긍정을 찾게 되고 유머를 즐겨 사용할 수 있는 건강한 대처를 실현한다.

⑩ 자신과 타인을 있는 그대로 받아들이기 시작한다.

남들이 자신을 바라보는 시선이나 태도에 연연해하지 않고 자신을 있는 그대로 바라본다. 남에게도 마찬가지다. 남을 가르치거나 바꾸려 하지 않고, 자신에게 해가 되지 않는 한 있는 그대로 내버려둔다.

⑪ 자연스러움과 간결함을 좋아한다.

인공적으로 꾸미는 것보다는 있는 그대로 자연스럽게 표현하는 것을 더 좋아한다. 자연을 더욱 사랑하고 음미하고 그 속에서 평안을 찾는다. 마음이 회복된다는 것은 자연과 하나 되어 가는 것이다.

⑫ 풍부한 감성을 지니게 된다.

평범한 것일지라도 주변의 사물을 놀라움으로 바라볼 수 있다. 자아 인식이 건강해진다는 징표이다. 자아 인식의 창에 불순물이 벗겨질수록 감희와 감격, 그리고 감동으로 내면이 풍요로워진다. 자아가 건강할수록 슬플 때 슬퍼하고 아플 때 아파하고 기쁠 때 진심으로 웃는다는 사실을 잊지 말자.

⑬ 두려움과 직면하게 되고 초월적인 모험도 경험할 수 있는 힘이 생긴다.

마음 명작

환경의 두려움이 아닌 체험과 경험의 현장에 자신을 과감히 던진다. 답답하다고 미리 판단하고 포기했던 어둠의 감정 터널도 들어갈 수 있는 힘이 생긴다. 그리고 초월적인 기쁨과 자유를 느낀다.

 이 책을 끝까지 읽어 준 당신을 상상해 보면서 흐뭇한 미소를 지어 봅니다. 스스로를 향한 아름다운 몸부림, 마음 명작을 빚어내기 위하여 지금까지 함께 따라와 주신 당신께 머리 숙여 깊은 감사를 표합니다. 그러면서 꼭 부탁드릴 말씀이 있습니다.

 앞으로 당신을 흔들바람 말입니다.
그 바람은 오늘도 내일도 황혼까지도 불 것입니다.
비바람이든 눈보라든 태풍이든….

 바람의 형질과 는 상관없이 말입니다.
어떤 이는 그 바람을 타고 창공을 누빌 것이고
어떤 이는 무서워 바위에 숨을 것입니다.

 반드시 명심해야 하는 것은
언제든 불어오는 바람 앞에 당신의 가슴이 뛰게 될지
아니면 떨게 될지는
지금까지 빚어낸 자아의 몫이 될 거라는 사실입니다.

이 책은 언제든지 당신의 가슴이 두려움과 불안으로
떨릴 때마다 내적강화와 세상에서 가장
특별한 위로를 선물 할 것입니다.

마음치유연구가

새빛 이제승

이 책을 다 읽고 당신의 현재 자아를 위하여
그동안 못했던 따뜻한 고백을 기록해 보시길 바랍니다.

이 책의 수익금의 일부는 국제 구호재단 월드컨텍 코피노 아이들의 자활과
국내 암환우 분들을 위해 쓰여집니다.